LE CÉLIBATAIRE GRINCHEUX

PÈRE, CÉLIBATAIRE ET AUTORITAIRE LIVRE 3

WILLOW FOX

ALLISON WEST

SLOWBURN
PUBLISHING

Le Célibataire Grincheux

Père, célibataire et autoritaire Livre 3

Willow Fox

Publié par Slow Burn Publishing

© 2023

Traduction par sarahlrnt

Relecture par marie_frcy

VI

Couverture par Slow Burn Publishing

Cover Design by GetCovers

CHAPITRE UN

Elisa

Il s'appelle Weston Grump. Je ne plaisante pas, le nom de famille de cet homme est Grump (grincheux). C'est drôle, car c'est exactement ce dont il a l'air. Sa mâchoire est toujours serrée et il a l'air plutôt sérieux quand je le croise dans le couloir.

C'est le nouveau locataire de notre immeuble.

Et d'après ce que j'ai entendu, il est célibataire.

Il n'a pas de bague au doigt alors je lui souris et lui fais poliment la conversation quand j'en ai l'occasion.

Il m'a invitée à boire un verre dans un bar en bas de la rue. Dire que je suis ravie serait un euphémisme. Mais je sais que c'est dangereux.

Si ça ne marche pas, nous vivons dans le même immeuble.

Il est magnifique et agréable à regarder, avec ses cheveux noirs et épais et sa barbe hirsute. Chaque fois que je le vois, il porte un costume. Il pourrait être mannequin professionnel. Mais honnêtement, je ne sais pas ce qu'il fait dans la vie.

Je me dirige vers le bar, ayant convenu de l'y retrouver après le travail. Je suis un peu surprise qu'il n'ait pas proposé de venir me chercher, puisque nous sommes voisins, mais je ne peux pas lui en vouloir. Peut-être avait-il des projets avant notre rendez-vous ?

Tant qu'il ne s'agissait pas d'un autre rendez-vous avec une autre femme...

Mais je suis sûre qu'il n'est pas comme ça. Ce n'est pas parce qu'il est sexy qu'il sort avec une nouvelle fille tous les soirs.

J'entre dans le bar, mais il n'est pas là. Je jette un coup d'œil à ma montre. J'ai deux minutes d'avance, ce qui n'est pas énorme.

Je m'installe au bar, posant mon manteau sur le tabouret à côté de moi pour garder la place à Weston et je commande un martini.

Wes se précipite dans le bar et jette un coup d'œil autour de lui. Lorsqu'il me repère, il me fait un signe de tête et se dirige vers le bar.

Je déplace ma veste pour qu'il puisse s'asseoir. Il fait un geste vers le barman et commande un rhum-coca.

— C'est un plaisir de te revoir, Elisa.

Son regard se pose sur ma robe.

— Tu es très belle.

— Merci, tu n'es pas mal non plus, dis-je avec un sourire en coin.

Il prend son verre et en boit une gorgée en me faisant un signe de tête.

— Depuis combien de temps vis-tu dans notre immeuble ?

La façon dont il l'appelle notre immeuble me fait l'effet d'un éclair chaud. Je replace une mèche de cheveux derrière mon oreille.

— Trois ans, dis-je. Presque quatre. Et toi ? Tu viens de Denver, n'est-ce pas ?

Il affiche un sourire narquois.

— C'est exact, même si je ne me souviens pas de te l'avoir dit.

Je presse mes lèvres l'une contre l'autre et attrape mon martini. Les filles de l'immeuble parlent, surtout quand il s'agit d'un nouveau beau gosse qui a emménagé et qui est manifestement célibataire.

— Les nouvelles vont vite, dis-je en sirotant mon verre.

Je suis coupable.

— Les ragots ne te mèneront nulle part dans la vie, dit Weston.

Le sourire s'efface de son visage et il jette un coup d'œil à mon verre, puis à moi.

— As-tu dîné ?

Je secoue la tête.

— Je viens de quitter le travail. J'ai hâte de passer un long week-end avant de devoir affronter mon nouveau patron.

Il acquiesce mais ne dit rien. Weston boit une nouvelle gorgée de son rhum-coca.

— On devrait aller chercher à manger.

Il traverse le bar à la recherche d'une banquette vide et attend que je me lève pour le rejoindre.

— D'accord, dis-je, et je descends du tabouret.

J'attrape mon manteau et mon sac à main, et j'emporte tout avec moi jusqu'à la banquette.

Weston examine le menu pendant que je retourne au comptoir du bar pour prendre ma boisson. La serveuse est déjà à la table et prend sa commande.

— Nous aimerions des boulettes de viande Philly cheesesteak, des bâtonnets de mozzarella, des quesadillas, des nachos, un grand bretzel et des champignons farcis aux artichauts et au quinoa.

— C'est beaucoup de nourriture pour une seule personne, dis-je en m'installant dans la banquette et en posant mon verre sur la table.

J'attrape le menu pour le consulter.

— J'ai commandé pour nous deux.

— Je ne peux pas consommer de lactose, dis-je.

La plupart des plats qu'il a commandés me rendraient malade. Il y a six mois, j'ai été opérée d'urgence et on m'a retiré la vésicule biliaire. Depuis, je souffre d'une intolérance au lactose.

— Alors je suppose que tu peux prendre le bretzel.

— Ou je peux trouver quelque chose à manger sur le menu, dis-je.

Je l'ouvre et trouve quelque chose qui a l'air appétissant. Je fais signe à la serveuse et ajoute une commande d'ailes de poulet.

— Autre chose ? demande-t-elle.

— C'est tout pour moi.

Weston fixe son téléphone, niché dans sa main. Il semble plus intéressé par l'appareil que par moi en ce moment.

— Je prendrai un Flaming Dr. Pepper. Tu veux un autre verre ?

Il ne lève même pas les yeux vers la serveuse.

— Je vais prendre un autre martini. Merci, dis-je tandis qu'elle s'empresse de taper le reste de notre commande.

— Tout va bien ? lui demandé-je.

— Oui, ce n'est rien.

Il range son téléphone dans sa poche.

— Le travail ? supposé-je.

— Juste des trucs de famille.

Il ne s'étend pas sur le sujet.

— Cela fait trois ans que tu es dans l'immeuble, tu as dit. J'en déduis que tu t'y plais ?

— Plutôt. Je n'ai eu aucun problème avec les autres locataires.

— C'est bien.

Ses yeux se dirigent vers le bar et je me sens mal à l'aise alors qu'il fixe une blonde avec un autre homme. Ils prennent un verre à l'endroit que nous avons libéré.

— Tu la connais ?

— Qui ?

Weston me jette un regard désemparé, mais j'ai l'impression qu'il s'agit peut-être d'une ex.

Ça n'a pas d'importance.

— Personne.

J'exhale un soupir et termine mon martini, soulagée quand la serveuse en apporte un deuxième à la table, juste à temps.

———

Des rumeurs ont circulé sur le départ de notre patron, le producteur exécutif et, plus important encore, le responsable des acquisitions. Je ne sais pas si c'est volontaire ou non, mais les rumeurs se sont répandues comme une traînée de poudre.

— Elisa, oh mon Dieu, tu t'es fait couper les cheveux et j'adore la nouvelle couleur. C'est mignon !

Sloane est enjouée ce matin.

— Tu es sûre ? demandé-je, inquiète que ça n'aille pas après le désastre du rendez-vous.

— Bien sûr. Pourquoi ?

J'expire un rire étouffé.

— Eh bien, je suis allé à un rendez-vous avec mon voisin, qui est au passage très charmant, et la serveuse s'est fait bousculer en allumant une bougie et m'a mis le feu aux cheveux.

— Quoi ? Tu rigoles ?

J'aimerais rigoler.

— Ce n'était pas de sa faute...

— Tu es brûlée ? demande Sloane, les yeux écarquillés.

Elle me jette un coup d'œil, mais ne voit aucune trace de brûlure. C'est parce qu'il n'y en a pas, à l'exception de mes cheveux, qui se sont enflammés en quelques secondes.

— Non, heureusement, mon date a réagi rapidement et m'a frappée avec son manteau.

— C'est sexy. Je suis contente que tu ailles bien.

— Merci, et ce n'était vraiment pas sexy. C'était embarrassant et juste horrible. Et ça n'a fait que s'empirer.

— Attends ?

La bouche de Sloane se ferme.

— Ce n'était pas le pire ?

— Si, c'était probablement ça, mais il n'arrêtait pas de regarder cette fille blonde, comme s'il voulait être avec elle plutôt qu'avec moi.

Je serre ma lèvre inférieure entre mes dents.

— C'était nul.

— Rendez-vous de l'enfer, me corrige Sloane. Oh, tu as entendu dire qu'on allait avoir un nouveau responsable des acquisitions ?

— Et vous allez le rencontrer maintenant, dit une voix grave, et j'inspire brusquement. Weston Grump, et ne vous avisez pas de commenter mon nom de famille.

Ma langue passe sur ma lèvre supérieure. Depuis combien de temps se tient-il dans le couloir ?

Combien de choses a-t-il entendu ?

— Monsieur Grump, dis-je, et je me lève, tendant la main pour me présenter correctement. Elisa Emerson, je suis votre éditrice d'acquisitions.

— Merveilleux, dit-il en me fixant, les yeux dans les yeux, et l'air semble être aspiré hors de la pièce.

— Je suis Sloane Michaels, dit ma collègue en se levant pour se présenter.

— Enchanté, Mme Michaels, dit Weston.

— Appelez-moi Sloane. Nous sommes tous assez informels ici.

Je suis contente que Sloane parle, parce qu'en ce moment, ma bouche me pique comme un cactus. Weston me reconnaît-il ? La dernière fois qu'il m'a vue, vendredi soir, mes cheveux étaient longs, blonds et en feu.

Après ce désastre, j'ai décampé et je suis rentrée chez moi en me jurant de ne plus jamais le revoir.

Le samedi, j'ai pris un rendez-vous d'urgence chez le coiffeur.

Je lui ai demandé de réparer le désastre et nous avons également fait une coloration complète. Avec ma peau pâle, j'ai l'air un peu gothique à mon goût, mais je m'en fiche. Je suis reconnaissante de ce changement.

Est-il possible que Weston ne sache pas que je suis la fille de vendredi soir ? Il n'a rien laissé paraître, si ce n'est un long regard. Peut-être qu'il pense juste que je suis familière ? C'est ce que j'imagine. Mais ce n'est pas comme si un nom comme Elisa était très courant ici.

— Mlle Emerson, je vous suggère de prendre un papier et un stylo. Mon bureau. Dans dix minutes.

Il se retourne vers son bureau privé.

— Qu'est-ce que tu crois qu'il veut ? demande Sloane en agitant ses sourcils de manière suggestive.

— Arrête, sifflé-je en la regardant fixement.

Je n'ai pas le courage de lui dire que Weston est mon rendez-vous de l'enfer.

— C'est notre patron.

— Et il est sexy comme pas possible. Laisse-moi fantasmer, au moins jusqu'à ce qu'il commence à nous donner des ordres.

— Tu sais qu'il le fera, dis-je. Avec un nom de famille comme Grump, c'est inévitable.

Je ne lui dis pas que c'était mon rendez-vous horrible. Et si le fait d'avoir mis le feu à mes cheveux n'était pas de sa faute, le fait qu'il ait constamment reluqué la blonde et consulté son téléphone était entièrement de son fait.

Je suppose qu'il a un faible pour les blondes. C'est une bonne chose que je ne sois plus son genre.

Le rire de Sloane rebondit sur les murs ouverts.

— Ma belle, ressaisis-toi.

Mes yeux s'écarquillent et je crains que M. Grump ne sorte pour voir ce qui se passe. Il n'y a aucune chance qu'on le laisse participer à la plaisanterie.

Même si j'ai l'impression d'avoir été victime d'une plaisanterie en sortant avec lui.

Mais bon, il faut embrasser beaucoup de grenouilles pour rencontrer son prince. Et Weston Grump est à cent pour cent une grenouille.

Je veux dire, il est agréable à regarder, il a un corps magnifique, et ce sourire, quand il l'offre, fait vibrer mon cœur, et j'ai ces palpitations qui me font rougir.

Mais c'est toujours un grincheux.

Je prends un stylo sur mon bureau et un bloc-notes vierge pour noter tout ce dont M. Grincheux veut discuter. Je me dirige vers son bureau et frappe fermement avant d'entrer.

— Entrez, me dit-il, et je pénètre dans son bureau. Fermez la porte derrière vous.

J'inspire nerveusement et j'essaie de ne pas lui montrer que ma main tremble.

— Vous vouliez me voir, M. Grump.

— Appelez-moi Weston.

Il lève les yeux de son bureau, peu amusé.

— Asseyez-vous.

Il désigne la chaise vide en face de lui.

— Oui, monsieur.

Je suis ses instructions. Ce n'est pas si grave qu'il me fasse asseoir dans son bureau. Je suis sûr que je vais devoir coopérer avec lui assez souvent si je dois travailler sous ses ordres. À moins qu'il ne se rende compte qu'il déteste cet endroit, et qu'il y ait une chance qu'il s'en aille, qu'il aille travailler ailleurs ?

— Depuis combien de temps travaillez-vous pour la société, Mlle Emerson ? demande-t-il, respectant ma demande d'être appelée par mon nom de famille.

— Sept ans, monsieur.

— Et durant cette période, avez-vous déjà rencontré le PDG ?

J'inspire vivement.

— Non.

Mes sourcils se froncent. De quoi s'agit-il ?

— Stylo. Papier ?

— Ici même, dis-je en tapotant mon stylo décapuchonné sur le bloc-notes vierge. Vous avez une réunion, monsieur ? Vous avez dit que j'aurais besoin de prendre des notes.

— J'ai besoin que vous rédigiez une proposition qui sera envoyée à l'ensemble de l'entreprise, puis à notre service des relations publiques.

— D'accord, dis-je, incertaine de ce que je vais écrire.

— Le PDG de Blazing Media, mon père, est décédé hier soir. J'ai repris l'entreprise selon les termes de ses dernières volontés et de son testament...

Weston me regarde fixement.

— Pourquoi n'écrivez-vous pas ?

— Oh, c'est vrai. Désolé, M. Grump

Je note les informations que Weston me donne, ce qui n'est pas grand-chose.

— Avec le décès de mon père et son absence de la maison des médias, je suis le nouveau PDG.

Ses yeux se rétrécissent.

— Disons plutôt que dans ces circonstances imprévues, M. Weston Grump a été nommé nouveau PDG. Bien qu'il y ait des changements à venir, tout le monde peut être assuré que Blazing Media continuera à produire des films d'amour dans un avenir prévisible.

Je note tout ce que je peux, mais j'ai des crampes au poignet et M. Grump ne semble pas s'en apercevoir.

— Je suis désolée pour le décès de votre père, dis-je.

— Arrêtez, Mlle Emerson. Être lèche-bottes ne vous servira à rien ici

Il y a une dureté qui résonne chez lui, mais je veux croire que c'est parce qu'il est en deuil, et que son père vient de décéder de façon inattendue.

— J'ai besoin d'un brouillon dactylographié et sur mon bureau dans l'heure qui suit.

Ce n'est pas une question.

— Bien sûr, je m'y mets tout de suite, dis-je.

Il me regarde fixement.

— Vous pouvez y aller.

Ma mâchoire se décroche.

— J'ai une question à vous poser, Monsieur Grump.

Ses narines s'enflamment.

— J'espère que vous suivez mieux les instructions quand vous écrivez, parce que vos capacités d'écoute sont nettement insuffisantes. C'est Weston. Appelez-moi Weston.

Sa mâchoire est serrée et il me lance un regard noir. Lorsqu'il se rend compte que je ne quitterai pas son bureau, il fait un geste qui m'invite à parler.

— Continuez.

— Allez-vous engager un remplaçant pour le poste de producteur exécutif ? Sloane et moi pensions que vous étiez la nouvelle recrue ce matin, dis-je en remettant le capuchon sur mon stylo.

— Non, nous allons geler les embauches pendant les prochains mois, le temps d'examiner les comptes et notre rentabilité pour voir ce qui fonctionne et ce qui ne fonctionne pas ici. Mon père, ou plutôt mon beau-père, n'était pas très impliqué dans l'entreprise. J'ai l'intention de changer cela à l'avenir.

M. Grognon se lève et se dirige vers la porte du bureau, qu'il ouvre.

— Vous me rendrez compte directement, Mlle Emerson. J'attends cette lettre sur mon bureau dans cinquante-cinq minutes.

— Oui, monsieur.

Je me dépêche de sortir de son bureau et de retourner au mien. Quelques minutes plus tard, je commence à tapoter sur mon clavier.

— Alors, des ragots ? demande Sloane.

— Il veut que je rédige un mémo pour l'ensemble de l'entreprise, dis-je.

— Des trucs juteux ?

— Je vais te donner un indice : il n'est pas le producteur exécutif.

Ses yeux s'écarquillent.

— Qui est-il ? Quel est son rôle ?

Je clique sur les touches de l'ordinateur, faisant de mon mieux pour terminer le mémo avant l'heure prévue. Ce n'est pas comme si M. Grognon m'avait laissé beaucoup de temps pour terminer l'e-mail.

— Tu devras attendre, dis-je, n'étant pas prête à révéler ses secrets.

Elle le découvrira lorsqu'il enverra l'e-mail à tous les employés de l'entreprise.

Sloane fixe son bureau comme si elle imaginait l'homme nu ou quelque chose comme ça. Je jure qu'elle bave et qu'elle est obsédée par lui.

— Il est canon. On sait s'il est marié ?

Ce ne serait pas la première fois que je me ferais avoir. Mais je n'ai vu aucun signe d'une femme ou d'une petite amie. Pas de bague pour commencer, et son bureau est plutôt vide de toute photo. Mais ce n'est que son premier jour.

— Je ne pense pas qu'il le soit, mais il est hors limites. Crois-moi, dis-je sans m'étendre sur le sujet.

— Évidemment, Elisa. C'est notre patron. Mais je jure qu'il pourrait être mannequin pour une marque de sous-vêtements.

— Crois-moi. Il n'en vaut pas la peine. Il a sûrement un petit zizi.

Une voix épaisse et lourde s'éclaircit la gorge.

— Elisa, mon bureau tout de suite ! me lance-t-il.

Sloane éclate de rire et je lui lance mon stylo. Elle esquive le missile, me sourit comme si elle était fière que j'aie été convoquée dans le bureau du chef.

Putain de merde.

Je suis sur le point de me faire virer ?

Si M. Grognon me demande de prendre plus de notes, ce sera plus facile de le faire avec l'ordinateur portable donc je l'emporte avec moi au passage.

Il me laisse d'abord entrer dans son bureau, puis il claque brusquement la porte derrière lui.

J'inspire brusquement, l'air est glacial. Mes bras sont couverts de chair de poule.

— Trouvez-vous approprié de parler de mon intimité à un autre membre du personnel ?

— Je ne sais pas de quoi vous parlez, dis-je en essayant de trouver une excuse pour échapper à cette nouvelle forme d'enfer dans laquelle je me retrouve impliquée.

Mais il n'y a pas d'issue. C'est moi qui me suis fait ça et je vais devoir le payer.

CHAPITRE DEUX

WESTON

Je pensais que le week-end avait été mauvais. Je ne m'attendais pas à ce que le lundi soit pire. Après avoir appris le décès de mon beau-père et traité avec l'avocat pendant le week-end, je me présente à Blazing Media lundi matin à la première heure.

L'équipe des ressources humaines, au moins, m'attendait, mais seule une poignée de personnes est au courant de la situation, à savoir que je suis désormais PDG.

Ce n'est pas comme si je ne connaissais pas l'entreprise. J'ai travaillé sous les ordres de mon beau-père, je l'ai aidé pendant les dix dernières années. Il avait des problèmes de mémoire les derniers temps, et je faisais la plus grande partie de son travail pendant qu'il recevait le crédit.

C'est pourquoi il n'était jamais au bureau.

Et cela m'a réussi pendant la majeure partie des deux dernières années, car je travaillais à son domicile pour pouvoir m'occuper de mon fils.

En ce moment, mon fils, âgé de trois ans, est à la crèche à l'autre bout de la ville, plus près de l'endroit où j'habitais. Je loue un appartement de deux chambres à coucher dans un complexe de condominiums pendant que ma maison est en cours de rénovation.

Tyler est tout pour moi. Jamais je n'aurais imaginé avoir des enfants et je ferai tout ce qui est nécessaire pour le garder en sécurité.

Ce qui signifie généralement avoir des histoires d'un soir et ne pas ramener de fille à la maison. Je dis rarement à qui que ce soit que je suis père. Cela ne veut pas dire que je ne suis pas fier de mon fils. C'est juste que ça ne regarde personne. De plus, je suis milliardaire. Je ne veux pas que quelqu'un ait l'idée saugrenue de kidnapper mon fils pour obtenir une rançon.

J'ai vu des films. Et oui, j'ai une sécurité de premier ordre chez moi. L'appartement que je loue est une autre histoire. Je dois donc faire profil bas pour protéger mon fils.

J'aurais aussi dû garder ma bite sous contrôle quand j'ai vu la jolie blonde d'à côté.

Au lieu de cela, c'est moi qui suis torturé par le mauvais rendez-vous que j'ai eu vendredi soir.

Je n'arrive toujours pas à me sortir cette image horrifiante de la tête, et je l'ai couverte de ma veste, étouffant les flammes aussi vite qu'il le fallait.

Son visage et sa peau étaient indemnes, mais ses longues mèches étaient brûlées. Elisa a prétendu devoir aller aux toilettes, mais elle a dû se faufiler par la porte de derrière, car elle n'est pas revenue à la table.

Quel putain de cauchemar.

Oh, et il y a pire. Mon ex-copine prenait un verre au bar. Et ce n'était pas avec son nouveau mari. Juste au moment où je pensais l'avoir enfin oubliée.

Pour couronner mon lundi spectaculaire, Elisa est une employée de Blazing Media, et je suis entré, la surprenant en train de parler de ma bite à l'un des membres du personnel.

Qu'est-ce que c'est que ce bordel ?

Ma vie pourrait-elle devenir encore plus compliquée ?

Je me passe une main dans les cheveux et j'essaie de ne pas perdre mon sang-froid, parce que je suis sur le point de péter les plombs.

— Vous avez l'habitude de parler de la bite de votre patron aux autres employés ?

Ses yeux bleu pâle s'élèvent vers moi sous ses épais cils noirs. Le contraste est saisissant avec ses cheveux de jais.

Après l'incendie qui a endommagé ses cheveux, elle est passée d'une longue chevelure qui lui descendait jusqu'à la moitié du dos à une courte coupe au-dessus des épaules. Mais au lieu d'être blonds, ses cheveux ont été teints en noir de jais. Le gothique n'est pas sa couleur, mais je me mords la langue, sachant qu'il vaut mieux ne pas faire de commentaires sur la coiffure d'une femme.

— Non, monsieur, dit Elisa. C'était tout à fait déplacé.

— Tout à fait, grogné-je. Vous avez parlé à Sloane la commère de vendredi soir ?

Elle se mord la lèvre inférieure.

Coupable.

Merde.

J'expire une bouffée d'air.

— Dois-je informer les RH de ce qui s'est passé avant que nous ne travaillions ensemble ?

Elle secoue rapidement la tête.

— Non, ce n'est pas nécessaire. Nous avons eu un rendez-vous raté. Nous savons tous les deux que cela ne se reproduira plus.

— Bien, dis-je, heureux qu'elle soit sur la même longueur d'onde.

Je n'apprécie pas qu'on m'abandonne pendant un rendez-vous. Même si je n'ai pas été à la hauteur, ce n'est pas moi qui ai mis le feu à ses cheveux. Elle n'avait pas à s'enfuir par la porte de derrière. Je l'aurais raccompagnée chez elle si elle avait voulu partir. Je peux être un gentleman quand il le faut.

Elle expire d'un souffle tremblant.

— Il y a autre chose ? J'ai presque terminé le projet que vous avez demandé.

Elle tient son ordinateur portable dans ses mains.

— Asseyez-vous. Montrez-moi ce que vous avez fait.

Je ne suis pas un monstre, contrairement à ce que l'on croit. Mais je suis très concentré et j'obtiens toujours ce que je veux.

Elisa ouvre son ordinateur portable et passe en revue avec moi la lettre qu'elle a rédigée. Je fais quelques suggestions et ajustements, avant de lui demander de m'envoyer par courriel la version finale, que j'enverrai à tous les membres du personnel.

— Y a-t-il autre chose ? demande-t-elle, même s'il est évident que c'est plus par nécessité que par désir.

Elle veut retourner en courant à son bureau et s'éloigner le plus possible de moi.

— Oui, vous allez être mon assistante exécutive en plus de vos responsabilités en matière d'acquisitions.

— Pardon ? N'y a-t-il pas quelqu'un d'autre de mieux qualifié pour ce rôle ?

Elle n'a pas tort. Ce n'est pas que son expérience soit limitée ou insuffisante. C'est plutôt qu'il est dangereux de travailler tous les deux côte à côte. Non pas que nous finirons au lit ensemble. Mais l'un de nous deux risque fort de finir mort.

Je force un sourire. Mes yeux se plissent et je croise les bras sur ma poitrine.

Son ordinateur portable est posé sur mon bureau, et j'essaie de donner l'impression que je ne suis pas captivé par le fait de l'avoir comme AE, de la garder sur ses gardes et de lui faire des rapports. Il y a quelque chose de très satisfaisant à se venger de la femme qui s'est éclipsée lors d'un rendez-vous.

Était-ce la première fois qu'elle faisait quelque chose d'aussi grossier, ou cela se produit-il régulièrement ? Lorsqu'elle ne s'amuse pas, a-t-elle l'habitude de se lever et de partir ?

Dois-je craindre qu'elle cherche un autre emploi ?

— Bien qu'il y ait un gel des embauches parce que je n'ai pas l'intention de recruter un nouveau producteur exécutif, je suis prêt à vous offrir une augmentation de salaire de vingt pour cent pour travailler directement sous mes ordres. Vous aurez des responsabilités supplémentaires, mais je peux vous assurer que l'essentiel de votre travail continuera à se faire au sein du département des acquisitions.

— Et si je refuse ?

— Vous ne le ferez pas, dis-je avec un peu trop d'audace. Quoi qu'il en soit, Mlle Emerson, vous travaillez pour moi.

Sa langue rose s'aventure sur le côté de sa lèvre, contemplant mon offre.

— Puis-je y réfléchir ?

— Vous avez vingt-quatre heures.

Aurais-je dû lui offrir plus d'argent pour qu'elle travaille pour moi ? Je déteste admettre que je ne sais même pas ce qu'elle gagne, et je ne vais pas lui demander non plus. J'irai plus tard au service des ressources humaines et je ferai une petite enquête pour voir si mon offre de vingt pour cent était suffisante.

— Y a-t-il autre chose ? demande-t-elle.

Il est évident qu'elle ne veut pas être dans la même pièce que moi ; elle peut à peine me regarder dans les yeux.

J'envisage de parler de notre soirée, de sa fuite, mais j'y renonce. Ce n'est pas le moment de lui en vouloir pour la façon dont elle m'a traité. Il y a beaucoup de femmes célibataires à Manhattan. En outre, il est mal vu de sortir avec une collègue et, pire encore, avec une employée. Et le fait que je sois PDG et non plus un simple employé. Non. Je ne poursuivrai pas Mlle Emerson.

— Ça dépend. Avez-vous l'intention de m'aider ? Allez-vous courir aux toilettes et me laisser avec tout, y compris l'addition ?

Ok, pour info, je n'avais pas l'intention de dire ça. Je m'étais juré de ne pas le faire et c'est sorti malgré moi parce qu'elle m'excite intérieurement. Le simple fait de la regarder réveille des émotions que je ne devrais pas laisser naître.

Sa bouche se ferme et ses yeux s'écarquillent.

— C'est très déplacé, dit Elisa.

Et elle a raison.

Mais je m'en fiche.

J'ai déjà dépassé les bornes. J'en ai parlé, et maintenant, il est trop tard pour réparer les dégâts.

— D'habitude, ça ne me dérange pas de payer pour un verre, un dîner, une soirée avec une belle femme, mais s'échapper par la porte de derrière en prétendant aller aux toilettes, c'est un peu puéril, même pour vous, Elisa.

— C'est Mlle Emerson, me corrige-t-elle.

Pourquoi s'arrêter maintenant ?

Je suis en train de fulminer et je ne peux pas m'en empêcher.

Je m'approche, mon regard se promène sur son corps et remonte sur son visage.

— Le noir ne vous va pas, Mlle Emerson, dis-je.

— Ma robe ? demande-t-elle en jetant un coup d'œil à ce qu'elle porte, visiblement troublée par mon audace.

— Vos cheveux.

Je ne suis pas idiot ; commenter les cheveux d'une femme, surtout si vous ne les aimez pas, n'est pas bien vu, mais ne mérite-t-elle pas un peu de sévérité et de réprimande ? Si elle doit travailler à Blazing Media, elle doit se forger un caractère. Je n'apprécie pas les femmes qui fuient les rendez-vous.

Elle se moque de ma remarque, puis referme son ordinateur portable.

— Eh bien, je démissionne !

Elisa se lève et mesure quelques centimètres de moins que moi.

Si elle essaie de jouer les dures ou de se donner en spectacle, ça ne marche pas.

— Très bien, je vais trouver une autre AE. Quelqu'un qui peut recevoir des ordres et faire ce qu'on lui dit. Et qui ne s'enfuira pas par la porte de derrière quand les choses deviendront difficiles.

Je ne sais plus si je parle uniquement d'une assistante ou d'un rendez-vous galant.

Depuis quand les limites sont-elles si floues ?

Ses joues sont rouges. C'est la seule couleur vive, à l'exception de ses yeux, qui ont pris une teinte bleue plus foncée. Sa robe et sa coupe de cheveux noires lui permettraient de se fondre dans mon bureau si les lumières étaient éteintes et les stores fermés.

Mais ce n'est pas le cas. La lumière crue des plafonniers fluorescents rend Elisa incroyablement pâle et délavée par rapport à la forte teinte noire qui l'entoure. Le soleil extérieur pénètre dans le bureau, brillant de mille feux.

— Vous êtes incorrigible ! me crie-t-elle, avant d'attraper son ordinateur portable sous le bras et de se précipiter vers la porte.

— Toujours en train de courir, Mlle Emerson, dis-je en me dressant au-dessus d'elle. C'est tout ce que vous savez faire ?

Elle se retourne et m'assène un méchant crochet du droit.

— Putain, marmonné-je en me tenant la mâchoire.

Mon œil tressaille et je grogne alors qu'elle ouvre la porte et sort de mon bureau en trombe.

Je suis peut-être allé un peu trop loin.

CHAPITRE TROIS

Elisa

— Quel connard !

Je ne peux empêcher la vague de colère qui m'envahit de saisir un carton, d'en jeter le contenu par terre et d'y fourrer tout le bazar de mon bureau.

— Qu'est-ce qui s'est passé ? demande Sloane, incrédule, les yeux écarquillés, la mâchoire pratiquement au sol.

— Je ne peux pas travailler pour lui, Sloane.

— Ça ne peut pas être si grave. Qu'est-ce qui s'est passé ? demande-t-elle en jetant un coup d'œil en direction de son bureau lorsqu'il sort comme un bigfoot.

Elle fait rouler sa chaise jusqu'à son bureau, s'assurant d'avoir l'air occupé lorsque M. Grump s'approche de moi.

Sloane est assise à quelques mètres de là et peut nous entendre. Nous sommes voisines.

Je continue à ranger mes dernières affaires dans la boîte, évitant le regard brûlant du patron.

— Elisa, il faut qu'on parle.

— Je n'ai rien à vous dire.

Je suis surprise qu'il ne suggère pas de m'accuser d'agression, et peut-être qu'il le fera.

Je ne pourrai même pas l'éviter si je le veux, parce qu'il habite dans mon immeuble.

Je devrais peut-être déménager.

Il est le dernier arrivé, donc il devrait partir, mais je doute qu'il le fasse. Cet homme reçoit probablement tout ce qu'il veut sur un plateau d'argent. Il se prend pour un roi.

Quel con !

J'attrape la boîte, enfile mon manteau et me dirige vers l'ascenseur, ignorant les regards de tout le monde. L'e-mail annonçant qu'il est le PDG n'a pas encore été envoyé. Imaginez leur surprise lorsque tout le monde découvrira qu'il n'est pas seulement le nouveau producteur exécutif, mais qu'il est le putain de patron de cette maison de presse.

Que l'implosion commence.

Je ne jette pas un coup d'œil par-dessus mon épaule. Je ne sais pas trop ce que j'attends de lui. Qu'il me poursuive ? Oui, c'est ça. Ce n'est pas une histoire d'amour. Il n'est pas mon prince ou mon chevalier en armure étincelante. C'est le patron le plus grincheux que j'ai jamais rencontré.

Heureusement, je n'aurai pas à travailler pour lui un autre jour de ma vie.

J'appuie sur le bouton de l'ascenseur comme une folle en espérant que cela le fera arriver plus vite.

— Tu devrais cesser d'agresser mon bâtiment de la sorte, dit M. Grognon.

Je sens sa présence aussi vite que je l'entends.

Il se tient au-dessus de moi.

Essaie-t-il de me faire sentir petite et insignifiante ? Je me sens déjà comme une merde. Maintenant il va me harceler jusqu'à ma voiture ?

— Il serait sage que tu recules, dis-je.

Les portes de l'ascenseur s'ouvrent, mais ce n'est pas assez rapide. Je me précipite à l'intérieur et il se penche pour appuyer sur le bouton du parking. Il ne monte pas avec moi.

— Ta carte d'accès sera désactivée dès que tu quitteras le parking.

— D'accord.

Je hausse les épaules comme si ça n'avait pas d'importance.

— Au cas où tu ne l'aurais pas compris, je démissionne, M. Grognon. Je ne reviendrai pas au bureau et je jure que si tu viens me chercher chez moi je...

— Que feras-tu ? grince-t-il en me jetant un coup d'œil.

Comme si j'étais trop petite pour représenter un réel danger pour lui.

— Je déposerai une ordonnance restrictive !

Il rit d'un air sombre.

— Tu m'as frappé et c'est toi qui veux une ordonnance de protection. Très original, ma chérie, me dit-il en ronronnant.

J'appuie sur le bouton de fermeture de la porte de l'ascenseur et suis soulagée lorsqu'elle se referme enfin. Dommage que ce ne soit pas sur son visage.

J'ai envie de crier. Hurler. Fracasser l'ascenseur. Mais à quoi cela servirait-il ?

Weston Grump ne m'emmerdera plus. Je me dirige vers ma voiture, ouvre le coffre et dépose la boîte à l'intérieur. Je me précipite sur le siège avant, je monte dans la voiture et je sors rapidement du parking. Je ne veux pas d'un autre accrochage avec ce connard. Même s'il ne fait aucune doute que je le reverrai dans l'immeuble où j'habite.

———

— Je ne pouvais pas supporter mon connard de patron, donc j'ai démissionné le premier jour, dis-je.

Clare et moi nous sommes rencontrées il y a quelques mois lors d'une conférence sur le livre. Elle y était pour son amour de la lecture. J'y étais pour repérer les talents et trouver le prochain grand livre qui deviendra un film. Clare est nounou et bientôt mère d'une adorable petite fille, Amelia.

— Oh mon Dieu ! s'exclame-t-elle. Et tu as dit que tu l'avais frappé ?

— Quoi ?

La mâchoire de Sloane se décroche. Nous sommes toutes les trois en train de prendre un verre pour fêter ma liberté. Je me sens mal pour Sloane, qui va devoir supporter ses frasques, mais au moins elle n'a pas essayé de sortir avec lui.

Je suppose qu'elle a manqué cette partie de l'histoire. J'ai appelé Clare pour lui dire que j'avais frappé mon nouveau patron, qui se trouve être mon mauvais rendez-vous du week-end dernier, et lui demander si elle voulait prendre un verre parce que j'avais besoin de me vider la tête.

— Oui, je lui ai peut-être donné un coup de poing dans la mâchoire quand il a mentionné notre rendez-vous. Et devine quoi ? Il ne s'est pas excusé pour mes cheveux en feu, ni pour la façon dont il reluquait la blonde, ni même pour son téléphone. Non, il était furieux parce que je l'ai planté et qu'il a dû payer l'addition. Qui était en fait la sienne, puisque je n'avais pas touché à la nourriture et qu'il avait commandé pour la table.

— Pour la table, combien étiez-vous ? demande Clare en essayant de rattraper le fil de la conversation.

— Il n'y avait que nous deux. Mais il a quand même décidé de commander pour moi. Qui fait ça ?

Clare sourit.

— Je trouve que c'est plutôt séduisant quand un homme commande pour moi.

— Pendant un premier rendez-vous ? répliqué-je. C'est autoritaire et présomptueux. Comment peut-il être sûr que je ne suis pas vegan ? Il a commandé une tonne de fromage.

Sloane boit une longue gorgée de son daiquiri.

— Tu l'as laissé dans un état de colère après ta démission. Il a été enragé toute la journée, impossible à apaiser.

— C'est comme ça qu'il est en permanence, j'en suis sûre. C'est pour ça que son nom de famille est Grump !

— Tu rigoles ? dit Clare avant d'éclater de rire. Dieu merci, le nom de famille de Levi n'est pas Grump. Je ne pourrais pas supporter ça, devenir Mme Grump. Pas question !

Je souris, heureuse de changer de sujet après ma mésaventure.

— Le grand jour approche. Es-tu excitée ?

J'attrape sa main, admirant la bague de fiançailles que Levi lui a passée au doigt. Il est à la tête de la chaîne d'hôtels Luxenberg et possède Luxenberg Enterprises. Il est également très riche.

— Je suis un peu nerveuse, avoue Clare. Mais je l'aime et je suis impatiente de devenir la belle-mère d'Amelia. Je sais que je serai sa tutrice légale, même si je ne suis pas sa mère biologique. Levi va me faire signer des documents juridiques pour s'assurer que si quelque chose lui arrive, je serai responsable de sa garde.

— Il doit vraiment te faire confiance, dit Sloane en sirotant sa boisson glacée.

Je donne un coup de coude à Sloane.

— Bien sûr qu'il lui fait confiance, ils vont se marier et elle est la nounou d'Amelia. Je veux dire, pourquoi ne lui ferait-il pas confiance ?

— Quand est le mariage ? demande Sloane.

— Dans deux semaines. Vous avez vos robes ? demande Clare.

Elle m'a demandé d'être sa demoiselle d'honneur. Ils ont prévu quelque chose d'intime dans le chalet qu'ils viennent d'acheter, ce qui semble ironique pour un milliardaire. Mais c'est ce que Clare veut, rien de tape-à-l'œil, et j'ai l'impression que Levi le préfère aussi.

— J'aimerais bien, mais je n'arrive pas à croire que tu organises un mariage en plein air et en hiver !

— Tu es folle ? demande Sloane. Ici, à New York ?

— Il y aura des chauffages extérieurs pour garder tout le monde au chaud pendant nos vœux. La réception aura lieu à l'intérieur, et oh mon Dieu, je ne vous ai pas encore parlé de ma robe, dit Clare.

— Non.

Je suis toujours surprise qu'elle m'ait choisie pour faire partie de la fête de mariage. Nous ne sommes amies que depuis quelques mois, mais je ne pouvais pas refuser.

— Elle est noire.

— Tu as une robe de mariée noire ? s'exclame Sloane.

Je ris et acquiesce.

— Clare n'est pas très traditionnelle.

— Levi non plus, ce qui est parfait, dit-elle. Il est d'accord avec ce que je veux, mais je ne l'ai pas laissé voir la robe. Cela porterait malheur. De plus, j'ai déjà porté une robe blanche, et ça n'a pas marché.

— Je ne savais pas que tu avais déjà été mariée, dis-je.

Clare agite la main d'un air dédaigneux.

— C'est une longue histoire. C'était un con narcissique qui contrôlait chaque aspect de ma vie. De ce que je portais à qui je pouvais voir. C'est là que Levi et moi nous sommes rencontrés, quand je suis venue à New York après mon divorce. J'avais besoin d'un endroit où séjourner, il y a eu une confusion et j'ai laissé entendre qu'il avait kidnappé sa fille.

— Pas possible ! s'exclame Sloane.

— Eh bien, Amelia a dit qu'il n'était pas son père. J'étais légèrement ivre et, eh bien, ils venaient de se rencontrer, alors elle était un peu confuse à propos de la situation, et le reste, comme on dit, appartient à l'histoire !

Elle termine son cocktail et en commande un autre.

— Es-tu enceinte ? demandé-je à Clare.

Elle est magnifique et pleine de courbes. Elle ne semble pas montrer de signes de grossesse, mais le fait qu'elle ne boive pas d'alcool lors d'une soirée entre filles au bar me fait me poser des questions.

— Non, dit-elle en riant. Mais nous essayons. Nous essayons depuis un certain temps. Et je suis en train d'ovuler, alors je ne veux pas boire d'alcool au cas où nous essayerions de concevoir ce soir.

— Beurk, dis-je en la taquinant. Coucher avec un homme sur le point de se marier !

— Mon fiancé, s'écrie Clare. Oh mon Dieu, ne me dis pas que tu te réserves pour le jour de ton mariage parce que...

Sloane l'interrompt.

— M. Grump vient d'entrer.

— Incroyable !

Les yeux de Claire s'écarquillent tandis qu'elle détourne son attention vers la porte.

— Qui est-ce ?

Pour une fille parfaitement sobre, elle est encore très bruyante. Cependant, le bar est plutôt bondé et bruyant. Quelqu'un a récemment augmenté le volume de la musique, obligeant tout le monde à crier plus fort pour communiquer.

— Le bel homme en chemise blanche et cravate noire, dit Sloane en le désignant discrètement du menton.

Le regard de Clare se porte sur Weston.

— Wow, il est canon. Je veux dire, il n'est pas aussi sexy que mon fiancé, mais bon sang. Il ferait l'affaire sous les draps.

— Pouvons-nous changer de place ? demandé-je à mes amies.

— Il ne peut pas être si mauvais que ça, si ? plaisante Clare.

— Si, il l'est, dit Sloane. Il a été insupportable après ton départ. Il a exigé que je termine un travail insensé en une heure. Il m'a confié six nouveaux projets en plus de ma charge de travail habituelle, qui est déjà folle. Comme s'il ne comprenait pas que la recherche prend du temps. La moitié du personnel de bureau a démissionné.

— Impossible, soufflé-je, me couvrant la bouche.

— J'aimerais bien démissionner, mais je ne peux pas me permettre de partir, dit Sloane.

— Moi non plus.

Je termine mon martini, et bien que j'en veuille un autre, je ne veux pas risquer d'aller au bar et de me retrouver face à M. Grump.

— Je dois trouver un autre emploi rapidement.

— Tu le trouveras, dit Clare. Je peux parler à Levi pour voir quels postes sont disponibles.

— C'est gentil. Je vais d'abord postuler dans d'autres médias. Si ça ne fonctionne pas, je pourrais envisager ton offre, dis-je.

J'adore travailler dans le domaine de l'acquisition de livres, et plus particulièrement de la littérature romantique. Le marketing hôtelier ne me semble pas aussi passionnant, mais honnêtement, je prendrai tout ce qui me permettra de payer les factures.

Mais j'ai quelques économies de côté pour survivre pendant ma recherche d'emploi, et si tout échoue, je pourrais toujours accepter l'offre de Clare.

— Tiens-moi au courant, ne sois pas timide, dit Clare.

— Timide ? Cette fille ? s'esclaffe Sloane en me pointant du doigt. C'est loin d'être le cas. Elle s'est disputée avec le patron. Es-tu sûre de vouloir qu'elle travaille pour ton fiancé ?

Je frappe légèrement le bras de Sloane.

— Tu exagères !

— Je plaisante. Tu mérites de trouver un emploi avec un patron qui t'apprécie, qui te respecte et qui te paie ce que tu mérites, dit Sloane. Sérieusement, je suis contente que tu aies démissionné.

— Pourquoi ça ?

— Parce que ça a permis à tout le monde de se rendre compte à quel point c'est un patron horrible, et j'espère toujours qu'il démissionnera ou qu'il embauchera quelqu'un d'autre pour diriger la société, quelqu'un de moins direct, comme son père, dit Sloane.

— Il est trop obstiné pour partir et laisser quelqu'un d'autre diriger l'entreprise.

Je promène mon doigt sur la table en bois.

— Tu veux que je t'apporte un autre verre ? demande Clare. Tu évites le bar à cause de lui, n'est-ce pas ?

Je déteste à quel point elle peut lire en moi.

— Peut-être, dis-je en riant et en regardant la table. Je ne devrais pas m'en soucier, je devrais aller le voir et lui dire d'aller se faire voir.

— Tu l'as déjà fait au bureau, dit Sloane. Tout le monde vous a vu tous les deux dans l'ascenseur. C'était intense et passionné. On pensait qu'il allait t'embrasser.

— Quoi ? Tu es folle.

— Je n'ai jamais vu une telle alchimie, dit Sloane. C'était sauvage et irrésistible.

Elle s'évente.

— C'est un idiot, sérieusement. Même s'il est magnifique, murmuré-je.

— D'accord, deuxième tournée, dit Clare en se levant de notre banquette pour se diriger vers le bar et commander une autre tournée de boissons pour nous trois.

— Je vais l'aider à rapporter les boissons à la table, dit Sloane en la suivant.

Je gémis, ne voulant pas être laissée seule. Et pour cause. M. Grump jette un coup d'œil au bar et ses yeux se posent sur les miens.

Il attrape son verre de bière, ou ce qu'il est en train de boire, et me fait un signe de tête. Pourquoi diable me fait-il un sourire ? Comme s'il était heureux que je sois là, à me complaire dans ma propre misère.

D'accord, en partie, c'est moi qui l'ai provoqué. Je lui ai porté un coup physique, mais il m'a fait quelques remarques déplacées et inutiles dans son bureau. Néanmoins, être agressive n'est pas la solution. Mes parents ne seraient pas fiers de moi.

Et je ne suis pas très fière de moi non plus en ce moment.

Il se lève de son tabouret et se dirige vers moi.

Oh non. Je me renfrogne et j'aimerais vraiment un autre martini, même s'il n'arrive qu'au visage de M. Connard. Ce serait du gâchis, mais ça vaudrait bien les douze dollars.

— Elisa, dit-il en faisant un signe de tête.

Comme s'il était content de me voir. Ce n'est pas mon cas.

— Qu'est-ce que tu veux, abruti ? marmonné-je, mes doigts effleurant la table en bois.

Je jette un coup d'œil vers Sloane et Clare. Elles tiennent les boissons et chuchotent entre elles, probablement en train de décider de ce qu'elles doivent faire.

Si elles pouvaient lire dans mes pensées, lui jeter ça à la figure serait mon premier choix.

Mais Sloane travaille toujours pour cet abruti, et je doute qu'elle soit prête à dire adieu à son travail. Elle a besoin de l'argent.

— Très original, Elisa, dit-il, et ses yeux se rétrécissent.

Il a une main crispée sur son verre de bière, les veines saillantes de son bras, comme s'il allait le serrer un peu trop fort et qu'il allait se briser d'un instant à l'autre.

— Qu'est-ce que tu veux ?

Je suppose qu'il veut quelque chose, sinon il me laisserait tranquille.

— J'ai entendu dire que la moitié du personnel a démissionné aujourd'hui, ajouté-je.

— La moitié du personnel chargé des acquisitions, dit-il en haussant les épaules. C'est plus facile pour moi. J'ai moins de gens à licencier.

— Tu es un idiot, marmonné-je, et je lève le bras, faisant signe à mes amies de revenir avec les boissons et de me sauver.

Sloane secoue la tête et Clare me fait signe de l'embrasser.

Qu'est-ce que c'est que ce bordel ? Je n'embrasserai pas ce crétin. Je montre mon verre aux filles, mais elles m'ignorent.

— On dirait que tu n'as plus de martini. Je te proposerais bien de t'offrir un autre verre, mais tu risques de ne pas rester jusqu'à ce qu'il arrive, dit M. Grump.

— Qu'est-ce que tu en sais, toi, sur le fait de rester jusqu'à ce que quelque chose arrive, ronchonné-je. Tu dures probablement deux minutes.

Il grogne sous son rire et sirote sa bière, ses yeux s'attardant sur moi. Je jure qu'il me déshabille du regard, et je suis mal à l'aise.

— Qu'est-ce que tu veux ? lui demandé-je. Es-tu venu ici pour te réjouir de t'être débarrassé de moi sans même avoir à payer d'indemnités de licenciement ?

Ses sourcils se froncent et il reste silencieux. Au bout d'un moment, il jette un coup d'œil à son verre vide.

— Combien en as-tu bu ?

— Pourquoi ?

Je lui lance un regard noir.

— J'essaie de savoir si tu as l'alcool méchant ou si tu es méchante tout le temps.

Il prend une autre gorgée et il fait claquer le verre vide sur la table avec détermination.

— Tout le temps quand je suis près de toi.

Il pose ses deux mains sur la table, sa tête se penche vers le bas, envahissant mon espace personnel. La chaleur irradie entre nous, grésille comme de l'électricité, et je me sens attirée vers lui.

Je ne devrais pas avoir envie de l'embrasser, mais sa proximité me fait quelque chose. Peut-être que ce sont les phéromones et son parfum qui me font me pencher et graviter vers lui comme un corps céleste auquel je ne peux échapper.

Il est un trou noir sur le point de m'aspirer et de voler mes dernières bouffées d'air.

Ses lèvres s'abaissent alors qu'il plane au-dessus de moi, et je le fixe en grognant de dégoût. Mais mon corps ne réagit pas comme mon esprit le voudrait.

Mon cœur palpite comme lorsqu'il m'a demandé de sortir avec lui pour la première fois, et mes entrailles sont chaudes et piquantes. Je me sens trahie par mes propres réactions internes que je ne peux pas contrôler.

Une douce bouffée d'air s'échappe de mes lèvres, et il reste là, à planer, me baignant dans son odeur. J'ai envie de le trouver repoussant, mais au lieu de ça, je me penche vers lui.

— Tu es un connard, dis-je en le regardant fixement, le défiant de me renvoyer son meilleur coup.

— C'est toi qui m'as rendu comme ça, chérie.

Un sourire mauvais se dessine sur son visage.

— Ne m'appelle pas comme ça, fulminé-je en serrant les poings.

— Je t'appellerai comme bon me semble, dit M. Grump avec un sourire en coin, et ses yeux bruns scintillent d'hilarité.

Cet homme a besoin d'un changement d'attitude.

Je ne frapperai pas mon patron.

Je ne frapperai pas mon ancien patron.

Je ne frapperai personne.

Je répète ce mantra silencieux, en essayant de me rappeler que la violence n'est pas la solution. Même si j'ai envie d'écraser cet homme et de le dominer.

Merde.

D'où me viennent ces pensées obscures ?

Je passe la tête devant lui, à la recherche de mes amis. Clare et Sloane ont élu domicile au bar et boivent mon martini.

Merde !

Quel genre d'amies me laisseraient seule avec M. Connard ?

— Tes amies ne viendront pas te sauver, dit-il.

Il est trop observateur.

— Ouais, eh bien, je ne les aimais pas beaucoup de toute façon, marmonné-je sous mon souffle.

Je ne vais pas gâcher notre amitié pour ça, mais elles en entendront parler un moment.

Pourquoi m'énerve-t-il autant ? Je tire la langue et la passe sur ma lèvre supérieure. Contrairement à ce qui s'est passé plus tôt dans la journée, quand ma bouche était comme un cactus et me piquait, je me rends compte qu'il regarde mes lèvres. Est-ce qu'il faisait ça avant ? Ou est-ce l'alcool qui lui fait baisser sa garde et perdre la façade de dur à cuire qu'il incarne si bien ?

Quand je me rends compte qu'il fixe mes lèvres et qu'il se penche, je recommence. Cette fois, je laisse ma langue glisser lentement sur ma lèvre inférieure.

M. Grump grogne et s'avance. Ses lèvres touchent presque les miennes. Mais il a une certaine retenue enfouie au plus profond de lui qui ressort, l'empêchant de m'embrasser.

Maudite soit sa maîtrise de soi.

Mais qu'est-ce que ça veut dire ?

Pourquoi est-ce que je veux qu'il m'embrasse ?

C'est l'ultime grincheux. Le plus gros connard de la planète, et j'éprouve des sentiments pour lui ? Non.

Absolument pas.

Je refuse que les papillons soient autre chose que le résultat de la colère et de l'adrénaline.

Bien sûr, il est sexy, surtout avec son regard charbonneux, mais c'est tout. Dès qu'il ouvre la bouche, c'est fini. C'est le diable en personne.

— Vous êtes responsable de l'abandon de la moitié de l'équipe d'acquisition, Mlle Emerson.

— On en revient encore à ça ? dis-je, et je fais la moue.

Suis-je déçue qu'il me renvoie la balle et qu'il évoque ce qui s'est passé au bureau ? Oui, absolument. Je voulais qu'il m'embrasse.

Non.

Je voulais qu'il ait envie de m'embrasser.

C'est ça.

Je veux qu'il me désire.

Qu'il fantasme sur ce que ce serait avec moi.

Mais je ne le laisse pas me toucher.

Il n'a pas le droit d'adorer ce corps, ce cœur ou cette âme. Je ne lui appartiens pas, ni à personne d'autre d'ailleurs, et il n'aura jamais l'occasion de me voir nue.

Et s'il pense qu'il peut m'embrasser ou me faire fléchir les genoux, alors là, c'est une autre chose qui l'attend. Comme un poing dans la figure.

Je grimace.

D'accord, je sais, je dois me calmer. Mais c'est difficile avec cet abruti qui me souffle dans le cou.

— Tu as donné ta langue au chat ? Je ne t'ai jamais vu rester sans voix, murmure-t-il en planant au-dessus de moi.

— Est-ce que tu as une passion pour voler l'espace personnel des femmes ?

Ma main s'approche de sa poitrine et je la repousse, mais ce faisant, mes doigts effleurent sa cravate.

Bon sang. Tout ce que je pouvais imaginer, arracher sa cravate, le tirer vers moi, sentir son corps recouvrir le mien.

Ou mieux encore, utiliser sa cravate pour retenir ses bras, le regarder frémir quand je passe mes doigts sur son corps nu.

Les yeux de M. Connard vacillent, et je prie pour qu'il n'ait pas remarqué que sa présence m'excite. Ce n'est que de la colère et de l'émotion, pas du désir sexuel.

Je ne le désire pas. Il est juste beau.

C'est un dix sur dix, mais il est indétrônable. Il est arrogant. Dominateur. Et comme si cela ne suffisait pas, il s'appelle M. Grump !

Il s'éclaircit la gorge et recule, se redressant plus grand et plus droit. Comme si un sort venait d'être levé, il secoue la tête et s'éloigne.

Qu'est-ce que c'est que ce bordel ?

Clare et Sloane nous ont observés pendant tout ce temps. Dès qu'il quitte la table, elles apportent le reste de leurs cocktails et mocktails à moitié consommés à la table.

J'attrape le mien des mains de Clare et j'avale le martini en quelques secondes. Mes joues brûlent et le reste de mon corps s'enflamme.

— Wow, c'est M. Grump ? dit Clare, la bouche ouverte.

— Il est insupportable ! dis-je en serrant les poings.

Clare murmure qu'il est plutôt sexy et lui jette un coup d'œil. Il nous tourne le dos et commande un autre verre au bar.

— Tout ce qui est sexy est rapidement remplacé par sa personnalité. Crois-moi, dis-je.

— Elle n'a pas tort. J'ai dû travailler avec lui, et ce n'est pas une partie de plaisir, dit Sloane. Mais il te regardait comme un lion sauvage en chaleur.

Je finis mon martini et je fais signe à Sloane de changer de place avec moi. Cette fois, je vais aller au bar et me prendre un autre verre. Ça ne peut pas être pire que ce que je viens de subir de la part de M. Grump.

Clare rit en me regardant me diriger vers le barman.

M. Grump est perché sur un tabouret et boit son verre lorsque je m'approche de lui. Je l'ignore. Peut-être qu'il comprendra.

— Martini, dis-je au barman.

— Qu'est-ce que c'est, le numéro trois ? demande M. Grump.

— Pourquoi tu comptes ?

Et bien que ce soit le troisième verre, il aurait pu y en avoir plus si j'avais commencé plus tôt. Mais je ne l'ai pas fait. J'ai attendu que Sloane et Clare arrivent avant de commencer cette fête.

— Tu devrais faire attention. Le coma éthylique est très sérieux, dit M. Grump.

— Oh mon Dieu, détendez-vous, vieil homme. Tu es pire que mon père.

Il grimace et je me rends compte qu'évoquer une figure paternelle n'était peut-être pas le meilleur choix de mots.

Merde.

Je me sens presque mal pour ce type qui boit seul, jusqu'à ce qu'il ouvre la bouche et parle, me rappelant pourquoi j'ai quitté mon travail.

— Vieux ? répète-t-il en se déplaçant sur son siège et en se tournant vers moi. Tu n'arrêtes pas de poursuivre ce vieil homme, dit-il avec un sourire en coin.

— Dans tes rêves.

Je prends mon martini et me dépêche de rejoindre mes amies, ayant besoin de m'éloigner de Weston Grump aussi vite que possible avant qu'il ne me consume et ne m'envoûte avec son charme diabolique.

Il y a quelque chose de captivant chez lui, non seulement dans sa façon de se comporter, mais aussi dans l'autorité qu'il dégage.

— Wow, tu n'en as pas eu assez la première fois, tu as dû en reprendre un deuxième, dit Clare en riant.

Je m'étonne qu'elle boive des mocktails, mais au moins l'une d'entre nous reste sobre ce soir. Elle peut m'empêcher de faire des bêtises, même si ce n'est pas comme si elle avait été d'une grande aide quand M. Grump s'est invité à la table.

— Il était pratiquement sur toi dans tout à l'heure. Vous vous êtes embrassés ? Il était si près.

— Tu crois que j'embrasserais cet abruti ?

Je sirote mon martini et les deux filles me regardent.

— Alors, c'est non ? demande Sloane.

— C'était le pire des rendez-vous. Je ne l'embrasserais jamais. Jamais. Même si nous étions les deux dernières personnes sur Terre.

Clare boit une longue gorgée de son cocktail.

— Wow, tu y as vraiment réfléchi.

— Non !

Mes joues brûlent, mais pas pour la raison qu'elles pensent. Il me met en colère.

— Je ne sais pas si tu le sais, Elisa, mais quand Levi et moi nous sommes rencontrés, nous nous détestions. Je veux dire, il me détestait. J'ai essayé de le faire arrêter.

Clare ricane.

— Et si tu allais nous chercher une dernière tournée avant que je ne rentre ?

Y a-t-il une chance que je puisse faire passer des menottes à Weston Grump ?

Merde.

Pourquoi mon esprit s'imagine-t-il soudain en train de lui faire subir de vilaines choses ? Je grimace et finis le reste de mon martini. Cela devrait m'aider.

Clare m'a déjà raconté l'histoire en toute confidentialité, mais elle était aussi très alcoolisée et ne se souvient probablement pas de grand-chose de cette nuit-là.

— Il me tuerait si je le disais à quelqu'un. Mais c'est notre meet cute, après nous.

— Votre quoi ? demande Sloane en fronçant le nez.

— La première fois qu'on s'est rencontrés. De toute façon, parfois les meilleures histoires d'amour ne commencent pas quand deux personnes sont follement amoureuses, dit Clare.

— Grump, lui, en tout cas, est fou, murmuré-je.

— Et tu es folle de lui, dit Sloane dans son verre de daiquiri.

— J'ai entendu !

Je lui donne un coup de coude.

— Tu es chiante.

— Et tu as fini ton martini. Paye-nous une autre tournée.

Je gémis. Ce n'est pas l'argent. Je paierais volontiers toutes les boissons ce soir. Bien sûr, le fait d'avoir un travail m'aiderait à le faire, mais c'est le fait de retourner au bar et de me tenir à nouveau juste à côté de M. Grump.

— Vous essayez de me torturer, les filles ? demandé-je.

— Peut-être, répond Clare. C'est amusant de voir ton visage devenir aussi rouge qu'une tomate.

Mes yeux s'écarquillent d'horreur.

— Ne t'inquiète pas, ce n'est pas si grave. Il pense probablement que c'est mignon, dit Sloane.

— Vous allez me tuer. Je vous jure, j'aimerais autant me jeter sous une voiture tout de suite.

Clare rit et finit la dernière goutte de son cocktail.

— Ne sois pas si dramatique. Va nous chercher une autre tournée avant que je ne rentre chez Levi.

— D'accord, Miss Bossy Pants, plaisanté-je en sortant de la banquette.

— Garde tes surnoms pour ton ex-patron grincheux, me crie Clare.

L'univers essaie-t-il de me torturer ?

Je sais qu'il est sexy. Je n'ai pas besoin qu'on me le rappelle, mais je pourrais me passer de lui parler.

— Je t'ai manqué ? dit M. Grump en se tournant légèrement sur son tabouret.

— Tu bois toujours seul ? Ou c'est parce que tu fais fuir toutes les jolies filles ?

Ses sourcils se froncent et il fait signe au barman de s'approcher pour se commander une autre bière. Je suis un peu soulagée qu'il ne commande pas une autre boisson enflammée comme vendredi soir.

C'est une expérience que je ne voudrais jamais revivre.

— Je te signale que je pourrais avoir n'importe quelle fille dans le bar, dit-il.

— N'importe quelle fille ?

— Sauf tes amies.

Bon sang, ça aurait été amusant de le voir flirter avec Sloane ou Clare et se faire rembarrer. Il n'y a aucune chance que l'une ou l'autre ait envie de lui adresser la parole.

— Et elle ? dis-je, et je fais un signe de tête vers la fille qui se trouve au bout du comptoir du bar.

Elle a les cheveux blonds, ce qui, je l'ai deviné, est son genre.

— Quoi ?

— Tu as dit n'importe quelle fille.

D'accord, je dois admettre que j'ai choisi la fille qui ne semble pas du tout intéressée par les hommes. Elle est avec une autre femme, et elle porte une chemise arc-en-ciel, alors j'espère qu'elle n'est pas attirée par l'espèce masculine.

— Et si je choisissais moi-même ?

— Alors je suppose que tu ne peux pas avoir n'importe quelle fille.

Je souris fièrement et le barman me tend l'addition. Je sors ma carte de crédit pour régler les trois boissons.

— Je m'en occupe, dit M. Grump en posant sa carte sur le plateau.

— Quoi ? Je n'ai pas besoin d'aide.

— Tu n'as pas de travail.

Pourquoi doit-il me rappeler que j'ai démissionné ce matin ?

Est-ce qu'il va me rappeler ensuite que je lui ai donné un coup de poing ?

J'ignore sa remarque.

— Que penses-tu d'un petit pari ?

— De quoi parle-t-on ? demande M. Grump. D'un rendez-vous ? D'un baiser ? De son numéro de téléphone ?

Il ne recule pas.

Je fais une pause, considérant les options.

— L'embrasser.

Je suis prêtre à le voir se faire recaller.

— C'est tout ? Je dois juste l'embrasser ?

Le sourire qu'il affiche est bien trop suffisant. Il a confiance en ses capacités à faire tomber une femme.

— Et comme c'est un pari, si tu gagnes, je paye tes boissons ? dit-il.

Cela semble assez facile, et je suppose que je peux le laisser mettre les trois boissons sur sa note. Quel est le problème ?

— Et si tu gagnes ? demandé-je.

Mon estomac s'agite, j'ai peur de ce qu'il voudra en retour.

— Un deuxième rendez-vous avec toi.

— Tu es sadique, lui dis-je.

Est-il sérieusement en train de me courir après pour un deuxième rendez-vous ? Nous nous détestons.

— Probablement, mais mon ego a été froissé quand tu t'es désistée. Je te promets qu'il n'y aura pas d'incendie. Enfin, intentionnellement, en tout cas.

Je le fixe, abasourdie par sa suggestion.

— Tu ne gagneras pas.

— Alors, je ne vois pas d'inconvénient à ce que l'on parie. Et nous devrions le rendre un peu plus intéressant, ajoute M. Grump.

Intérieurement, je gémis.

— Quoi ? demandé-je.

— Si elle ajoute un petit coup de langue, tu reviens travailler pour moi.

Est-il fou ? Il doit l'être pour penser que j'en ai quelque chose à faire.

— Pourquoi ? Pour que tu puisses me tourmenter indéfiniment ? Non merci.

— Je n'ai pas encore parlé de la bonne partie si tu gagnes, dit-il en laissant la phrase en suspens, et je jette à nouveau un coup d'œil à la femme assise au bar.

Il n'y a aucune chance qu'elle l'embrasse, surtout avec la langue.

Et même si M. Grump est magnifique et sexy à souhait, dès qu'il ouvrira la bouche, il gâchera tout.

— Et qu'est-ce que c'est ?

Je mords à l'hameçon.

— Tu me donnes ton poste et tu me laisses diriger l'entreprise ?

Il me fait un sourire en coin.

— J'aime ton sens de l'humour, mais ce n'est pas possible.

— Dommage, je pensais que ça allait devenir intéressant. En plus, je savais que tu n'arriverais pas à la faire t'embrasser.

Je jure que je l'entends grogner sous sa respiration.

— D'accord.

Sérieusement ?

Je reste bouche bée et il me pousse sa veste de costume tout en retroussant les manches blanches de sa chemise jusqu'aux coudes.

J'essaie de ne pas fixer ses bras. L'homme est tout en muscles, et j'imagine que ses biceps sont épais, mais ils sont cachés sous le tissu en coton. Il porte toujours sa cravate, d'un noir de jais, sans la moindre trace de couleur. Cela semble approprié. Cet homme est simple et ennuyeux. Mais même s'il a l'air basique, il a du style.

Je reste debout au bar pendant qu'il traverse l'espace à grandes enjambées, comme un homme en mission. Sauf que je n'ai pas envie de le voir embrasser une fille au hasard dans un bar. Mes mains deviennent des poings et je serre sa veste de costume pour la froisser.

Il s'approche d'elle, lui chuchote quelque chose à l'oreille et elle se mord la lèvre inférieure avec timidité.

Elle ne peut pas tomber dans le panneau.

Il est beau, mais il est arrogant.

Suffisant.

Impossible à gérer. Mais ce n'est pas comme si elle avait à le supporter tous les jours. Tout ce qu'il a à faire, c'est de convaincre la fille de l'embrasser.

J'aurais dû la jauger d'un peu plus près. Porte-t-elle une alliance ou une bague de fiançailles ? Elle est trop loin pour que je vois ses bijoux.

M. Grump me jette un coup d'œil, me sourit et me fait un clin d'œil.

Mon estomac se retourne lorsque la fille l'attrape par la cravate et attire ses lèvres vers les siennes dans un fougueux verrouillage labial. Il y a certainement de la langue, et je ne peux pas regarder la suite.

J'ai besoin d'air.

Le bar est chaud et suffocant.

La pièce tourne et mon estomac s'agite.

Je ne veux pas vomir, pas devant Weston, même si je doute que l'homme le remarque, puisqu'il est en train de bécoter avec cette fille.

Je quitte le bar à toute vitesse, sans me soucier de laisser tomber Clare et Sloane. Elles peuvent se débrouiller toutes seules.

La sueur ruisselle sur mon front. L'air froid de la nuit est un soulagement bienvenu par rapport à la chaleur du bar et au moment dont je viens d'être témoin entre les deux.

Je ne devrais pas m'en soucier.

Je le déteste. C'est le pire rendez-vous que j'ai jamais eu et c'est à cause de lui que j'ai quitté mon travail.

Mais voir sa bouche collée à celle d'une autre fille, ses mains dans ses cheveux et les siennes dans le bas de son dos, c'en est trop.

J'attrape son costume hors de prix et je descends dans la rue, l'offrant à un sans-abri. J'aurais pu la jeter à la poubelle, mais quelqu'un devrait en faire meilleur usage.

La colère couve et mes mains se crispent, plus je pense à ses mains sur son visage, dans ses cheveux, la rapprochant, comme s'il y prenait plaisir.

J'ai envie de rejeter la tête en arrière et de crier au ciel pour m'avoir infligé un tel supplice. Et il vit dans mon immeuble. Comment vais-je l'affronter ?

Je vais devoir déménager. C'est la seule solution. Emballer mes affaires, les mettre en carton et vendre l'appartement. Parce que je ne peux pas l'affronter tous les jours.

Pas s'il embrasse d'autres filles. Et s'il en ramène une chez lui ?

Et s'il la ramène chez lui ce soir ?

Je méprisais M. Grump quand j'ai quitté Blazing Media, mais maintenant je le déteste absolument. Rien ne peut me faire changer d'avis ou me faire penser différemment.

Pourquoi ai-je été si naïve d'accepter son pari ?

Il ne me laisserait jamais diriger l'entreprise. C'était de la foutaise, il me racontait n'importe quoi pour me convaincre de suivre son plan.

Et pourquoi ?

Pour que je le voie embrasser une autre fille ?

— Elisa !

Sloane se précipite dehors, et Clare est juste derrière elle, me poursuivant sur le trottoir.

— Qu'est-ce qui s'est passé ?

— Je suis une idiote, dis-je en fermant les yeux. J'ai perdu un gros pari.

— Quoi ?

Clare s'avance et me prend dans ses bras pour me serrer contre elle.

— Quoi qu'il en soit, ça ne peut pas être si grave. Et c'est un con d'avoir embrassé une autre fille.

Elles ont vu ce baiser.

Je pourrais mourir d'embarras, et ce n'est pas comme si j'avais embrassé Weston Grump. Mais je déteste m'en soucier, qu'il ait attisé un feu en moi et qu'il soit parti en le laissant mijoter.

Je gémis, mon cœur pleure, mais mes yeux sont secs.

— C'est horrible. Le pire, dis-je, et j'ai juste envie de rentrer chez moi, de prendre un pot de glace et de m'envelopper dans une couverture chaude.

— Tu veux que je retourne dans le bar et que je lui jette une bière à la figure ? demande Sloane. Parce que je le ferai pour toi.

Cela me vaut un sourire, mais il s'efface à la minute où j'aperçois Weston sortir du bar.

Il y a une foule derrière lui, et je jure que si la fille part avec lui, je vais piquer une crise.

Je suis puérile et immature. Je n'aurais pas dû lui suggérer de l'embrasser, mais je pensais qu'il n'avait aucune chance.

J'ai fait une horrible supposition, basée sur son t-shirt, qu'elle n'avait aucun intérêt pour les garçons. C'était mon erreur.

Sloane et Clare s'avancent devant moi d'un pas protecteur.

— Il faut que tu fasses demi-tour et que tu rentres chez toi, dit Clare.

Elle pointe du doigt la poitrine de Weston et la pousse alors qu'il pénètre dans son espace personnel, essayant de m'atteindre.

— Elle a raison, dit Sloane. Quel genre d'homme embrasse une fille dans un bar tout en flirtant avec une autre ?

Son regard se resserre et il les dépasse pour me fixer.

Je veux détourner le regard, mais ses yeux sévères me transpercent.

— Le genre qui insiste pour qu'on lui accorde un pari. Mesdames, si vous le permettez, je vais raccompagner Elisa.

— Tu es fou ? demande Clare, sa main le repousse de quelques mètres, mettant de la distance entre nous. Tu viens d'embrasser une autre fille et tu veux raccompagner Elisa ? Ça ne mache pas comme ça.

Les yeux de Weston me brûlent.

— C'est ce que tu leur as dit ?

J'ouvre la bouche, mais aucun mot ne vient.

Sloane s'avance et parle pour moi.

— Elle n'a pas besoin de dire quoi que ce soit. On t'a vu embrasser cette fille dans le bar.

— C'était un pari. Un pari que ta douce et innocente Elisa a suggéré.

Clare et Sloane me jettent un coup d'œil en guise de confirmation.

Clare a les sourcils froncés.

— Il n'est pas sérieux ?

Sloane s'approche et me serre dans ses bras.

— S'il te plaît, dis-moi que c'est un menteur, murmure-t-elle à mon oreille. Je quitterai mon travail avec toi. Nous pourrons chercher un emploi ensemble.

Je ne veux pas que Sloane fasse ça à cause de ce que j'ai fait.

— Non, dis-je. Il ne ment pas. Je devrais lui parler seule à seul.

— Tu es sûre ? demande Clare, en attrapant son sac à main. J'ai du spray au poivre si tu en as besoin.

— Ça va aller. Je n'ai aucune raison de l'agresser pour ce baiser. Je lui ai dit de le faire.

Clare écarquille les yeux et recule d'un pas.

— D'accord, mais si tu as besoin de quoi que ce soit, tu m'appelles. Tu peux rentrer chez toi ?

— Je vais la raccompagner, dit Weston.

Sloane grimace et jette un coup d'œil de lui à moi. Elle attend que je dise quelque chose, mais qu'y a-t-il à dire ? J'ai royalement foiré cette fois.

— Il vit dans le même immeuble. Tout ira bien.

— C'est ton voisin de palier ?

La bouche de Sloane s'ouvre, n'ayant pas eu cette révélation plus tôt.

— Ne vous inquiétez pas, ce n'est pas permanent, interrompt Weston en entendant nos adieux.

Je serre Sloane et Clare dans mes bras avant qu'elles ne se dirigent ensemble vers un taxi.

Je jette un coup d'œil à Weston et j'envisage de m'enfuir, mais ce n'est pas comme s'il ne savait pas où j'habite.

Ne jamais sortir avec son voisin de palier.

CHAPITRE QUATRE

WESTON

Pourquoi ai-je accepté sa suggestion ?

Oui, je suis pas innocent. Oui, j'ai embrassé la fille qu'Elisa avait parié que je ne pouvais pas embrasser. Mais ce n'était pas comme s'il y avait un soupçon d'attirance entre nous.

Je lui ai proposé cent mille dollars, et lorsqu'elle a refusé, j'ai augmenté la somme à un demi-million. Ce fut suffisant pour qu'elle m'attrape par la cravate, et le reste devrait appartenir à l'histoire.

J'ai gagné le pari.

Elisa n'a jamais établi de règles concernant le paiement, et il n'y avait aucune chance que je cède une entreprise d'un milliard de dollars à une fille qui s'occupe d'acquisitions.

Ce n'était pas un pari que je pouvais perdre.

Et cela valait bien les cinq cent mille dollars. Ce n'est pas parce que j'ai apprécié le baiser, mais j'espérais apercevoir le visage choqué d'Elisa.

Mais au lieu de cela, au moment où j'ai mis fin au duel de langues, j'ai jeté un coup d'œil par-dessus mon épaule, et elle avait disparu.

J'ai fait un très gros chèque à une dame chanceuse au bar avant de suivre les amies d'Elisa à l'extérieur pour la retrouver.

Dans le pire des cas, je pourrais me présenter devant sa porte et exiger qu'elle tienne son pari. J'ai envisagé de me contenter d'un seul rendez-vous, mais la faire travailler sous mes ordres est beaucoup plus stimulant.

J'ai besoin d'une assistante de direction, quelqu'un qui puisse gérer mes conneries et être honnête avec moi. Si une idée que j'ai est merdique, j'ai besoin de quelqu'un en qui j'ai confiance pour me le dire en face. Pas derrière mon dos.

Et Elisa est un mystère. L'engager n'est peut-être pas la meilleure chose à faire pour l'entreprise, mais c'est ce que je veux. Elle connaît le secteur, et elle est là depuis plusieurs années.

J'ai fait quelques recherches et je sais qu'elle est surqualifiée pour le poste qu'elle occupe actuellement dans le domaine des acquisitions. Elle a largement contribué au succès récent de l'entreprise. Et l'augmentation de 20% que je lui ai proposée pour son travail supplémentaire n'était pas déraisonnable.

Il se peut qu'elle joue les durs, mais je n'en ai pas l'impression. Elisa ne serait pas partie si c'était pour l'argent, pas sans avoir un autre emploi disponible.

Mais tout cela n'a pas d'importance.

J'attends que ses amies lui disent au revoir et se dispersent, nous laissant seuls, Elisa et moi. Nous ne sommes plus qu'à quelques rues de la copropriété.

Il fait froid dehors et j'aimerais vraiment avoir ma veste pour me réchauffer. Je n'ai rien emporté de plus chaud qu'une veste de costume, et elle semble avoir été abandonnée.

— Où est ma veste ? demandé-je en déroulant mes manches et en les rallongeant.

Ce n'est pas suffisant, mais cela empêche le froid direct de s'abattre sur ma peau.

— Je l'ai donné à quelqu'un qui en a besoin, dit Elisa avec un sourire en coin. Il fait froid ce soir.

— Sans blague, murmuré-je dans mon souffle.

— Tu as froid ? Tu devrais avoir bien chaud après avoir eu les mains de cette fille sur toi.

Je m'arrête de marcher et attrape Elisa par le bras, la tournant pour qu'elle me fasse face.

— Jalouse ?

Elle respire d'un air tremblant.

— Non.

En se retournant, elle se dégage de mon emprise. Je ne force pas ma prise, je la laisse reculer d'un pas.

Mais je suis juste à côté d'elle. Elle ne rentrera pas seule à cette heure-ci. Même si nous sommes dans un quartier agréable de la ville, je ne veux pas risquer qu'il lui arrive quelque chose.

— Au cas où tu l'aurais oublié, c'est toi qui m'as suggéré de l'embrasser avec la langue et qui as choisi la fille.

— Eh bien, tu n'étais pas obligé d'en profiter, murmure-t-elle.

— Tu es jalouse.

C'est la seule chose qui ait un sens. Mais pourquoi s'en soucie-t-elle ?

On a eu un rendez-vous minable ensemble. Elle a quitté son travail dès qu'elle a découvert que j'étais son patron. Certes, je n'ai pas été très chaleureux, mais elle n'avait pas à se défiler.

— Non, ce n'est pas le cas. C'est juste que je déteste perdre les paris.

C'est pour ça qu'elle est sortie du bar en courant et qu'elle voulait s'éloigner de moi ? Travailler pour moi, c'est si pénible que ça ?

Je n'ai jamais eu à gérer d'autres employés, et encore moins une entreprise entière. Du moins, pas directement. J'ai eu le luxe de me cacher derrière mon écran d'ordinateur et de travailler comme mon père.

Et maintenant, je dois à nouveau faire mes preuves. Avant, je devais prouver que mon père était capable de faire le travail, même s'il ne l'était pas, mais je devais agir en son nom et prendre des décisions exécutives dans le meilleur intérêt de l'entreprise.

Nous ne sommes pas une société cotée en bourse. Il n'y a pas de conseil d'administration ou d'actionnaires à qui je suis obligé de dévoiler mon jeu.

— C'est dommage, Mlle Emerson, dis-je. Car tu reviendras au bureau demain matin.

Elle pince les lèvres et pousse un long soupir.

— Je suppose que je ne peux pas t'en dissuader. Dois-je te rappeler que nous nous détestons ?

— Détester est un mot fort.

Qu'ai-je fait pour mériter une telle méfiance ? Ce n'était pas ma faute si le rendez-vous était une catastrophe naturelle. Peut-être que nous ne sommes pas faits pour être plus que des connaissances, et ça me va. Maintenant que je sais qu'elle travaille pour moi, tout le reste devrait être interdit.

— Oui, mais c'est mérité dans ce cas, dit Elisa.

Je me rapproche, envahissant chaque centimètre carré d'espace sans la toucher physiquement.

— Je ne crois pas que tu me déteste, Mlle Emerson. Parce que si c'était le cas, tu n'aurais jamais quitté le bar en courant après avoir assisté à cet échange de lèvres.

Ses yeux vacillent, et la colère qui semble s'infiltrer dans ses traits disparaît aussi vite. Elle est capable de cacher ses émotions plus que je ne l'aurais cru.

— Comme tu l'as dit, j'ai juste pris l'habitude de me défiler. C'est pourquoi je ne devrais pas revenir travailler pour toi.

— Pourquoi ? Parce que tu vas démissionner ?

Cela ne me surprend pas.

Non, ce qui me surprend, c'est la supposition audacieuse d'Elisa que je voudrais embrasser une autre fille dans le bar et qu'elle n'a pas suggéré que je l'embrasse. C'est le seul pari qui m'aurait mis en ébullition, et j'aurais pu parier la compagnie et la perdre contre elle.

Mais il y a d'autres nuits pour s'amuser et jouer avec Mlle Emerson.

Mon regard parcourt son corps. Elle frissonne, sa poigne s'accroche à son sac à main.

Est-ce le froid ou ma proximité qui la fait trembler ?

Je veux en être la cause.

Mais elle me déteste. Elisa m'a clairement fait comprendre qu'elle ne voulait rien avoir à faire avec moi. Et une femme comme elle ne se plie pas facilement à la volonté de quelqu'un de fort et de puissant.

Elle est trop têtue pour penser à son avenir. Aux opportunités qu'elle abandonne en quittant Blazing Media.

J'ai envie d'échanger quelques mots avec elle, mais elle tape du pied pour faire circuler le sang dans ce froid, et je fais de mon mieux pour ne pas geler.

Ai-je dit que je déteste l'hiver ?

Mais c'est grâce à mon père que je suis toujours à New York et que je ne vis pas sur les plages d'Hawaï ou des Caraïbes. Même le Pacifique Sud serait extraordinaire en ce moment. N'importe où, mais pas dans un hiver new-yorkais.

Ce n'est pas comme si je ne pouvais pas me le permettre. J'ai hérité de la société et de la fortune de mon père, ce qui m'a fait passer du statut de millionnaire à celui de milliardaire. Tout n'a pas été liquidé, mais j'ai plus que ce dont j'aurai besoin au cours de ma vie.

Et très peu de gens le savent. Ma vie privée est discrète. Et je ne fais pas étalage de mon argent.

Enfin, normalement pas. Le bar était une exception.

Je ne pouvais pas perdre le pari avec Elisa, et j'étais prêt à faire n'importe quoi pour ne pas perdre. Même si je devais mettre le paquet, et c'est à peu près ce que j'ai fait, elle ne doit pas le savoir.

Ses yeux s'écarquillent et elle frissonne.

— On peut marcher ? Mes jambes sont engourdies.

Je la prendrais bien dans mes bras pour la porter, mais je ne pense pas qu'elle aimerait beaucoup ça. Et je ne veux pas d'un autre coup au visage. J'ai de la chance qu'elle ne m'ait pas laissé un bleu.

— Marchons et discutons, dis-je en suivant son rythme tandis que nous marchons ensemble sur le trottoir.

— Je n'abandonne pas le pari. C'est juste que je ne pense pas que tu seras content que je travaille sous tes ordres, dit Elisa.

Travailler sous tes ordres.

Ces mots tournent en boucle dans ma tête.

J'aimerais la faire travailler sous mes ordres. La coincer, lui montrer ce que c'est que d'être respecté.

Je passe à côté de ce qu'elle baragouine dans les deux prochaines rues. Il nous reste encore quelques minutes avant d'arriver au bâtiment.

— Tu as écouté un mot de ce que je viens de dire ? demande Elisa en me jetant un coup d'œil.

— J'essaie juste de me concentrer pour arriver à l'appartement avant d'avoir des engelures.

Nous approchons du dernier pâté de maisons, mais nous ne pouvons pas traverser la rue tant que la circulation n'est pas dégagée.

Je frotte mes mains l'une contre l'autre et j'y souffle ce que j'espère être de l'air chaud. Cela ne sert à rien.

Pourquoi n'ai-je pas suggéré de prendre un taxi ?

Bien que je tolère généralement le froid, je ne suis pas habillé pour ce temps. Je n'avais pas prévu de rentrer à pied du bar, c'est pourquoi je n'ai pas pris mon manteau d'hiver avec moi.

Elle attrape l'écharpe qu'elle porte autour du cou et me l'offre, en la faisant tournoyer et en la faisant descendre de chaque côté de mon cou. Son regard s'attarde plus longtemps que nécessaire.

— Est-ce que nous sommes quittes ? demande Elisa.

— Me donner ton écharpe alors que nous sommes à deux minutes de la maison ? Elle est chaude et elle sent le parfum. C'est puissant et merveilleux, un mélange de roses et de vanille avec un arôme épicé qui me chatouille les narines.

Je pourrais m'habituer à cette odeur. J'essaie de ne pas lui faire remarquer que je respire son doux parfum en remontant l'écharpe autour de mon menton, de mes lèvres et de mon nez. Elle est épaisse et chaude.

— Considère ça comme une offrande de paix, dit Elisa. Puisque j'ai donné ta veste à un sans-abri.

— C'est gentil de ta part, même si c'est à mes dépens.

Le feu de circulation change et nous nous dépêchons de traverser la rue, non pas parce que nous craignons de nous faire écraser, mais parce que nous avons hâte d'entrer dans un bâtiment chaud.

Dès que nous approchons de l'entrée, j'attrape mon portefeuille, avec la carte-clé placée à l'extérieur, et je l'appuie sur le panneau d'entrée noir pour déverrouiller la porte. Je la tiens ouverte pour Elisa, la laissant entrer la première.

Elle frissonne et nous sommes tous les deux assaillis par une bouffée de chaleur.

— C'est mieux, dit-elle en sortant ses clés de son sac.

Nous nous dirigeons ensemble vers l'ascenseur et elle appuie sur le bouton du quatrième étage.

— Tu viens travailler demain.

Ce n'est pas une question.

— Pardon ?

Elisa me regarde. Elle ouvre sa veste et j'enlève lentement l'écharpe qu'elle m'a mise autour du cou et je lui rends.

J'entre dans son espace personnel, enroule l'écharpe autour de son cou, mes mains tirant sur les extrémités, la gardant près de moi. Le geste est intime et chaleureux tandis que nous nous regardons dans les yeux.

— Tu as perdu le pari, Elisa. Tu travailles pour moi.

Sa bouche se ferme et elle me regarde fixement.

— Tu n'es pas sérieux. Comme tu l'as dit, je vais démissionner.

— Quatre-vingt-dix jours, dis-je en riant.

J'aurais dû dire un an, quelque chose de plus permanent, mais je ne suis pas sûr qu'aucun de nous deux puisse survivre aussi longtemps ensemble.

— Je ne sais pas pourquoi tu me veux, Weston.

C'est la première fois que je l'entends m'appeler par mon prénom depuis notre rendez-vous. Depuis ce désastre épique, je suis M. Grump, ce qui est lassant et pas du tout charmant.

Non pas que j'essaie d'être charmant avec Elisa. Et si elle travaille pour moi, il n'y a aucune chance que nous couchions ensemble, jamais.

J'évite les relations comme la peste. J'ai un fils qui a besoin de mon attention. Et ne sont-elles pas toutes pareilles, après tout ?

Et le mariage est absolument hors de question. Jamais dans ma vie, je ne m'engagerai avec une seule femme. Ce n'est pas parce que j'aime la variété, même si c'est vrai. Je ne peux pas être sûr que cette femme, quelle qu'elle soit, ne soit pas une croqueuse de diamants.

Bien sûr, il existe des contrats prénuptiaux qui peuvent être signés, mais ils ne couvrent que la période précédant le mariage. Je n'ai pas besoin qu'une femme se faufile par la porte de service pour s'approprier une partie de l'empire que mon père a créé.

Et même si cela ne lui appartiendrait pas directement, elle aurait droit à une partie de l'argent gagné pendant le mariage. Non, merci.

Je préfère mes enterrements de vie de garçon et mes rencontres avec des filles au hasard qui ne savent pas que j'ai un enfant, parce que je ne les invite jamais à la maison.

Et il n'y a aucune chance qu'elles passent la nuit et ne partent pas si elles ne savent pas où j'habite.

— Quatre-vingt-dix jours, et je te donne une prime si tu convaincs le reste du personnel de ne pas démissionner.

L'ascenseur sonne et Elisa sort la première, se dirigeant vers sa porte. Elle me jette un coup d'œil par-dessus son épaule.

— C'est vraiment si grave ?

Ses yeux s'adoucissent et ses épaules sont moins tendues. Est-ce qu'elle s'est réchauffée du froid ou qu'elle n'est plus hostile à mon égard ? Aurais-je la chance que sa colère ne soit pas dirigée contre moi pour une fois ?

— Ce n'était pas beau à voir quand ils sont tous partis.

Elle rit sous son souffle.

— Eh bien, M. Grump, si tu as traité l'un d'entre eux comme tu m'as traitée à ton bureau ce matin, alors je ne les blâme pas.

Je me rapproche, renonçant à franchir la porte de mon appartement. Je serai bientôt à la maison. La nounou est avec Tyler, et à cette heure-ci, il est déjà couché.

— C'est drôle que tu me blâmes alors que c'est toi qui parlais de ma bite.

Elle inspire brusquement et ses joues rougissent.

— On peut faire comme si rien ne s'était passé ?

Elle se penche pour faire tourner les mèches de ses cheveux.

Je ne commente pas ce geste. Elle est nerveuse et son regard se pose sur mes lèvres.

— Si tu peux être professionnelle au bureau, je peux certainement l'être aussi.

Elle expire d'un souffle tremblant et tripote ses clés.

— Très bien, je te verrai demain au bureau.

— Nous ferons la route ensemble.

Il n'y a aucune raison pour qu'elle ne fasse pas de covoiturage, et en plus, j'ai un chauffeur privé prévu pour le travail.

Je refuse de conduire à New York. Et si j'adore conduire hors des sentiers battus dans les montagnes et que je peux tolérer une autoroute vide, je ne laisserai pas ma tension artérielle monter à cause d'un embouteillage. Je laisse cela à mon chauffeur.

— Tu es sûr que c'est approprié ?

Elisa tripote ses clés. Elle est prête à rentrer dans son appartement, et je la laisserai faire dès que nous aurons réglé les derniers détails pour demain.

— D'ailleurs, nos horaires vont-ils s'accorder ?

— Je ne travaille pas tard le soir au bureau. Si j'ai du travail à faire après les heures de bureau, je le fais à la maison.

Elle n'a pas besoin de savoir pour Tyler. C'est pour lui que j'ai fait le vœu d'être à la maison tous les soirs pour le dîner. Du moins, autant de soirs que possible.

— D'accord, on peut faire du covoiturage, dit Elisa.

Je ne lui dis pas que j'ai un chauffeur privé et que je me fais conduire dans toute la ville. Elle verra Camden demain.

— Bonne nuit, dis-je.

Je m'assure qu'elle entre dans son appartement avant de déverrouiller ma porte d'entrée et de me rendre à l'intérieur pour prendre des nouvelles de mon petit homme et l'embrasser pour lui souhaiter bonne nuit.

La nounou dort déjà profondément dans sa chambre. Martha est une femme âgée d'une soixantaine d'années. Je ne sais pas comment elle fait pour suivre

Tyler et toute son énergie, mais elle aide beaucoup à la maison pour les tâches ménagères, la lessive et la préparation des repas.

———

Le lendemain matin, je me réveille tôt et j'envoie un message à Elisa pour lui dire que nous partons dans vingt minutes et qu'elle doit me retrouver en bas, près de l'entrée principale.

Elle me répond par un emoji pouce levé, et je prends ça comme une victoire, vu de qui ça vient. J'enfile un nouveau costume et une nouvelle cravate. Je vais devoir remplacer la veste de costume que j'ai perdue, parce que Mlle Emerson l'a donnée.

Ce n'est pas que je n'aide pas les sans-abri, je donne des vêtements à des organisations caritatives et j'apporte aussi une généreuse contribution financière. Mais je ne donne pas un costume sur mesure que je porte encore régulièrement.

Je fais de mon mieux pour ne pas râler avant même d'avoir quitté l'appartement.

Je me dirige vers l'ascenseur et Elisa sort de chez elle, juste à temps pour que nous prenions l'ascenseur ensemble.

Cela ne devrait pas me perturber, on fait le trajet jusqu'au bureau ensemble, mais au moins, dans la voiture, on aura de la compagnie. Camden sera là pour s'assurer qu'Elisa se comporte bien. Mais je ne sais pas trop à quoi je m'attends.

Je ne m'embarrasse pas de mon manteau. Je resterai à l'intérieur jusqu'à ce que Camden arrive, et la voiture sera chaude.

— Bonjour, dit-elle en forçant un sourire.

Elle porte un bonnet d'hiver, des gants, une écharpe et un manteau de laine violet. Ses joues rougissent lorsqu'elle croise mon regard intense.

— Bonjour.

— Tu es sûr que je peux venir avec toi ?

J'appuie sur le bouton du hall et j'attends que les portes de l'ascenseur se ferment et que nous descendions.

— Dans l'ascenseur ou la voiture ? lui demandé-je en la regardant.

— Les deux ?

Sa voix grince, et le fait qu'elle puisse être nerveuse est mignon.

— Ce n'est rien. On va juste mettre la semaine passée sur le compte de la rétrogradation de Mercure.

— Tu y crois ? demande Elisa.

Ses yeux s'écarquillent et elle esquisse un sourire narquois.

Je me racle la gorge. Ma sœur y a cru jusqu'à la fin.

— C'était la spécialité de ma sœur, pas la mienne.

C'est la seule réponse que je donne.

Ses sourcils se pincent et la porte de l'ascenseur s'ouvre. Elisa sort la première, et je la suis jusqu'à ce que nous atteignions le hall d'entrée, où je lui ouvre la porte et m'enfonce dans le froid.

La voiture attend dans la zone de chargement et de déchargement, les clignotants allumés et le moteur en marche.

Camden se précipite hors du véhicule et vient ouvrir la porte du passager arrière.

— Les dames d'abord, dis-je en laissant Elisa monter sur la banquette arrière.

Je me glisse à côté d'elle et Camden me jette un regard curieux, mais il sait qu'il vaut mieux ne pas demander, surtout devant une femme.

La banquette arrière est bien chaude et aide à chasser l'air glacial qui règne à l'extérieur du véhicule. Je frissonne, mon corps se réchauffant d'avoir été dehors pendant quelques secondes sans vêtements d'hiver appropriés.

Elisa continue de porter son bonnet, ses gants et son écharpe, sans compter sa veste boutonnée. À un moment donné, elle va transpirer ou commencer à se déshabiller. Je parie sur le déshabillage, mais j'aimerais qu'elle ne se contente pas de ses vêtements d'hiver.

Camden grimpe sur le siège du conducteur et me jette un coup d'œil, attendant que je lui indique où je vais déposer la fille.

Je n'emmène jamais personne, sauf Tyler et la nounou. Camden connaît bien mes contacts proches. Il ne rencontre jamais mes partenaires, et très franchement, il n'y a aucune raison pour qu'il le fasse, puisque je ne ramène aucune de ces dames à la maison.

— Au bureau, dis-je, puisque Camden ne s'est pas encore engagé dans la circulation.

— Bien sûr, monsieur, dit-il en éteignant ses feux de détresse avant de mettre son clignotant et de s'engager dans la circulation.

La chaleur de la banquette arrière est agréable.

Elisa se déplace légèrement, et je peux imaginer qu'elle a chaud.

— Tu as parlé d'une sœur. As-tu d'autres frères et sœurs ? demande-t-elle.

Sa question me prend au dépourvu. Elle ne devrait pas. J'ai parlé de Wren. C'était ma faute. Elle est morte il y a trois ans, et c'est encore très douloureux, comme si c'était hier.

— Non.

Une réponse d'un seul mot. C'est tout ce que je peux lui donner. Cette femme et moi, nous ne sommes pas amis. Je ne peux pas lui donner une partie de moi, m'ouvrir à elle, la laisser me démolir et me détruire.

— Est-ce qu'elle aura aussi un rôle actif à la maison des médias ? demande Elisa.

— Non.

C'est tout ce qu'elle obtient et tout ce que je suis prêt à donner.

Sa bouche se ferme et je prie pour que ce soit la dernière question qu'elle pose sur Wren.

CHAPITRE CINQ

Elisa

Plus je travaille avec Weston, plus je commence à réaliser à quel point cet homme est une personne privée et à quel point il ne révèle pas grand-chose de lui-même.

Il y a quelques semaines, il a mentionné qu'il avait une sœur.

Est-elle vivante ?

Se cache-t-elle ?

Peut-être a-t-elle une famille et vit-elle dans un autre pays ? Je trouve étrange qu'un père puisse avoir deux enfants et donner à l'un d'eux la propriété de l'entreprise, mais pas aux deux.

À moins qu'elle ne soit décédée.

Cela expliquerait l'absence de réponse ou de discussion de Weston à ce sujet. Peut-être que cela fait trop mal pour en parler.

Mais ce ne sont pas mes affaires. Je devrais laisser ça de côté. Et le laisser lui aussi. Nous nous rendons au travail et en revenons ensemble tous les jours. Je m'occupe des acquisitions et je suis également l'assistante de direction de Weston. Ce qui, pour être honnête, craint.

Ce n'est pas un travail que j'aime, et le fait d'avoir un patron grincheux n'arrange pas les choses.

Mais je garde la tête baissée, je fais mon travail et je m'assure de ne pas faire de commérages sur lui. Et je n'ai pas besoin d'en faire. Il y a suffisamment de rumeurs qui circulent sur le nombre d'employés qui ont démissionné et sur la raison pour laquelle une seule d'entre eux est revenue.

Moi.

Mais les RH ne m'ont pas convoquée dans leur bureau et je n'ai rien fait de mal. Je veux dire, à part ce petit commentaire sur la bite de Weston. Ce n'était pas très classe. Mais j'étais énervée par la façon dont le rendez-vous s'était déroulé.

Peut-être que je ne devrais pas m'en soucier.

J'ai vraiment besoin d'aller de l'avant.

Jurer de ne plus sortir avec quelqu'un parce que Weston a été un rendez-vous épouvantable n'est pas juste pour moi. Un jour, j'aimerais avoir des enfants, et c'est beaucoup plus facile de le faire avec un partenaire. Surtout pour ce qui est de les élever.

En outre, j'aime être dans une relation. Avoir quelqu'un avec qui me câliner tous les soirs, me blottir contre lui, m'endormir dans ses bras.

Un mauvais rendez-vous. C'est tout ce que c'était.

Une situation unique. Ce n'est pas forcément la fin du monde. Même si cela me fait redouter de sortir à nouveau avec quelqu'un. Et je ne fais pas confiance à mes amies pour m'arranger un rendez-vous à l'aveugle.

Clare m'a tout de même appelée récemment pour me dire qu'elle me mettrait à la table des célibataires au mariage, en espérant que je tombe sur un des amis célibataires de son fiancé.

Mais s'il est toujours célibataire, où est le piège ?

Weston est occupé dans son bureau, il se tient à l'écart, ce qui me convient. Cela signifie que je m'occupe moins de ses problèmes et que je fais plus de travail pour l'équipe.

J'ai quelques minutes à moi, alors j'attrape mon téléphone et je me dirige vers la salle de repos. Adossée à l'un des murs, j'ouvre l'application de rencontres de mon téléphone et passe en revue les innombrables types qui s'affichent sur mon écran.

Le problème, c'est que même s'ils sont sexy et qu'ils m'attirent, ils pourraient être comme Weston - grincheux et horribles en termes de rendez-vous.

— Qu'est-ce que tu fais ?

La voix de mon patron me fait sursauter alors qu'il arrive par derrière, et je retourne mon téléphone pour qu'il ne puisse pas le voir.

— Rien, balbutié-je.

Il prend une tasse en céramique et se sert dans la cafetière que l'une des réceptionnistes a préparée il y a quelques minutes. La salle de pause sent encore les grains de café frais.

— Est-ce que ce "rien" implique des rencontres en ligne ?

— Ce ne sont pas tes affaires, dis-je en croisant les bras sur ma poitrine. Mais oui, je cherchais un rendez-vous. Sexy de préférence.

— Pour toi, ou tu fais partie de ces amis qui arrangent tout le monde ?

Faut-il vraiment qu'il pose la question ?

Pour sa défense, il m'a invitée à boire un verre. Ce n'est pas moi qui l'ai poursuivi, même si j'ai été trop amicale, lui proposant de lui faire visiter la ville s'il était nouveau.

Il s'est avéré qu'il n'était pas nouveau, juste nouveau dans l'immeuble.

— Ne t'inquiète pas pour ça.

J'hésite à répondre à sa question. Je ne veux pas qu'il m'interroge sur mon genre, ou pire, qu'il me fasse encore chier pour l'avoir laissé tomber le premier soir où nous sommes allés boire un verre.

— Alors, c'est pour toi, dit Weston.

Il ajoute un peu de crème à son café et le remue avant d'en prendre une gorgée.

— Je n'ai pas dit ça.

— Tu n'as pas besoin de dire quoi que ce soit, dit-il, ses yeux ne quittant pas les miens.

Je détourne le regard, le sien étant trop intense et audacieux pour que je puisse le supporter cet après-midi.

— Je devrais retourner à mon bureau.

— Le travail peut attendre. Assieds-toi.

Il fait un signe de tête en direction de la table de la salle de repos.

Ce n'est pas une bonne idée.

— J'ai des choses à faire, dis-je en désignant mon bureau. L'équipe des acquisitions compte sur moi.

— Je compte sur toi.

Le regard de Weston se crispe et il recule la chaise. Elle glisse sur le sol en grinçant de manière aiguë, ce qui me fait grimacer.

L'a-t-il fait exprès ?

Cet homme adore me torturer.

— Assieds-toi.

Son seul mot est un ordre, et j'obéis.

Je sors la chaise et m'assois sur la surface en bois. J'attends ce qu'il a l'intention de dire. Personnellement, je ne pense pas que ce soit le meilleur moment pour parler de quelque chose d'aussi intime qu'une relation amoureuse.

— J'ai des amis, dit Weston.

— Vraiment ?

Je ris en voyant le froncement de sourcils qui se forme sur son visage.

— Arrête tout de suite si tu penses pouvoir m'arranger un coup avec l'un de tes amis. Ça n'arrivera pas.

Il est fou ?

Je n'ai pas besoin d'un nouveau désastre avec Weston version 2.0. Ce serait épouvantable.

Weston sirote son café, les yeux fixés sur mon âme.

— Si je me souviens bien, tu me dois toujours un rendez-vous.

Heureusement, ce n'est pas moi qui bois du café, sinon j'aurais craché sur lui. Sans le vouloir.

— Pardon ?

— Le pari, ou tu ne te souviens pas ?

Il penche la tête, et des pas se rapprochent de la salle de repos.

Weston se lève, même si cette fois il ne fait pas de bruit avec la chaise, la remettant à sa place, lorsque Sloane entre.

— Oh, toi, dit-il.

Je ne sais pas s'il est soulagé ou irrité que, quoi qu'il dise, elle se range de mon côté.

— Oh, toi aussi, lui répond Sloane. Est-ce que cette tête de nœud te cherche des ennuis ?

Elle pointe son pouce dans sa direction.

— Non, ça va. J'allais juste retourner à mon bureau. Je dois terminer le rapport mensuel qui m'a été demandé, dis-je à Sloane.

— Cela peut attendre, interrompt Weston. J'ai besoin de vous voir, Mlle Emerson, dans mon bureau.

Je suis Weston dans son bureau et Sloane me lance un regard d'excuse. Je me contente de hausser les épaules, ne sachant pas pourquoi il veut m'emmener derrière des portes closes, à moins qu'il n'ait l'intention de me passer un savon. Qu'est-ce que j'ai fait cette fois ?

— Assieds-toi, me dit-il en me désignant la chaise vide en face de son bureau.

Il ferme la porte et sirote son café avant de s'asseoir derrière son bureau.

— Tu devrais être prudente lorsque tu parles avec des hommes étranges sur Internet.

— Je n'ai pas besoin que tu me protèges, dis-je.

Je croise les bras sur ma poitrine.

— Je m'occupe de moi depuis toujours.

— Malgré tout, il y a beaucoup d'hommes sur ces applications qui ne sont pas des types bien, dit-il en me regardant fixement.

Comme si j'étais censée savoir ce que ça veut dire.

— Je comprends. Ils veulent juste sortir avec quelqu'un. C'est cool. Parfois, c'est tout ce que je recherche aussi.

Sa mâchoire se décroche et je le laisse sans voix.

C'est bien.

Ce n'est pas vrai, même pas le moins du monde, mais il n'a pas besoin de savoir ça de moi.

Je veux qu'il réfléchisse à ce qu'il a manqué quand il était trop occupé à regarder la blonde et à fixer son téléphone toute la soirée. Sans parler de l'incendie. Rien que d'y penser, j'ai envie de ne plus sortir avec quelqu'un, plus jamais.

— Peut-être que tu ne te soucies pas de qui tu laisses entrer dans le bâtiment, mais moi si.

— Tu t'inquiètes de savoir avec qui je couche ?

Je passe mes doigts dans mes cheveux et laisse tomber ma tête dans mes mains.

— Weston, ce n'est pas une conversation appropriée à avoir avec l'une de tes employées.

A-t-il perdu la tête ?

— Je ne veux pas que des hommes étranges se promènent dans les couloirs.

— Je ne sais même pas quoi répondre à ça, dis-je en me levant. Je ne te parle pas de ma vie amoureuse ou sexuelle, Wes.

— Ne m'appelle pas comme ça, grogne-t-il, et un frisson me parcourt le corps.

Je lève la main.

— Je ne veux pas avoir cette conversation avec toi, dis-je, et je me dirige vers la porte, essayant de quitter son bureau en courant.

— Encore une fois, tu t'enfuis.

La main sur la poignée, j'inspire profondément. Soit je lui fais face, soit je fais exactement ce qu'il dit, c'est-à-dire courir.

Je me retourne et il réduit la distance entre nous, se rapprochant de la porte.

— Je n'aurais pas dû revenir ici pour travailler sous tes ordres, dis-je en grimaçant au double sous-entendu.

Non pas que j'aie couché avec lui. Je peux compter sur les doigts d'une main le nombre de gars avec qui j'ai couché, et ce n'est pas beaucoup.

Je ne suis pas le genre de fille qui veut s'amuser sans contraintes. Ce n'est pas mon genre. Je préfère la romance et la passion.

— Quoi ? Pourquoi ?

Weston ne semble pas comprendre pourquoi je suis contrariée en ce moment.

— Nous sommes une bonne équipe. Nous travaillons bien ensemble, et oui, je ne suis pas la personne la plus facile avec qui s'entendre, mais tu fais du bon travail.

— C'est la première fois que tu me fais des compliments.

Il penche la tête, ses yeux se plantent dans les miens.

— Tu aimes les compliments ?

Mes joues brûlent et je détourne le regard.

— Ce n'est pas approprié, Weston. Tu ne peux pas dire une chose pareille à une employée.

Le coin de sa lèvre se relève.

— Je plaisantais.

Je ne pense pas qu'il plaisantait, et même si c'est le cas, c'est un cauchemar pour les ressources humaines.

— Ton flirt est nul, dis-je, et je me tiens plus droite et plus grande, comme si je m'en fichais.

— Ouais, probablement un peu rouillé, dit-il, et il recule d'un pas, me laissant la possibilité de lui parler ou de sortir de son bureau.

J'envisage les deux options mais reste près de la porte.

— Tu es épuisant, tu le sais ?

— C'est ce qu'on m'a dit.

Weston hausse les épaules comme s'il se fichait de ce que je pensais, sauf peut-être qu'au fond, ça compte pour lui. Il se racle la gorge et jette un coup d'œil à son bureau.

— Sérieusement, tu as fait du bon travail ici. Je devrais te complimenter, surtout si ça te permet de continuer à travailler sous mes ordres.

Je me sens mal à l'aise lorsqu'il parle de travailler sous ses ordres, comme s'il était responsable de moi. Et même s'il est au bureau, c'est toujours un peu déstabilisant de l'entendre de sa bouche.

C'est peut-être parce que plus je suis en colère contre lui, plus je pense à lui. Je rêve de lui. Et ces rêves sont ceux que je ne devrais pas faire à propos de mon patron. Ils m'empêchent de dormir quand je me réveille en surchauffe, imaginant ses mains et ses lèvres sur mon corps nu.

C'est pourquoi j'ai besoin de sortir, de rencontrer des hommes et de trouver un homme qui ne soit pas mon patron ou un connard avec qui sortir. Je maintiens que Weston est un grincheux.

Il y a un soupçon de sourire sur son visage, comme s'il savait ce que je pense. Mais il ne peut pas le savoir. Ce n'est pas possible.

— Tu me dois toujours ce rendez-vous, dit-il.

— Et c'est reparti pour un tour. Ce n'est pas le cas. Je suis revenue et je travaille pour toi. J'ai tenu ce pari.

— Tu as tenu une partie du pari, dit Weston. Et je suis sérieux quand il s'agit de ramener des hommes étranges chez toi. Ce n'est pas très prudent de ta part.

— Dûment noté.

— Fais attention à toi.

Weston fait un pas en avant, et le revoilà qui me vole mon espace personnel.

Je m'attends à ce qu'il me touche, mais il garde les bras croisés sur sa poitrine.

— Assure-toi de parler avec quelqu'un en ligne pendant un certain temps avant de le rencontrer. Et fais-le dans un lieu public.

— Non, je vais inviter le premier gars avec qui je vais correspondre en ligne directement dans mon lit.

Je tourne mon téléphone et le déverrouille. J'ouvre l'application, faisant semblant de faire exactement ce que j'ai dit, quand il m'arrache mon téléphone des doigts.

— Rends-le-moi.

Je n'arrive pas à le croire !

— Tu as douze ans ? demandé-je, et j'attrape mon appareil, mais il est en train de faire défiler les photos, marquant chaque homme d'un non. Tu es déplorable. Ce n'est pas parce que tu n'arrives pas à t'envoyer en l'air que je ne devrais pas le faire.

Il rit sous l'effet de son souffle.

— Je vois que je t'ai énervée.

Weston regarde mon application un peu plus longtemps que nécessaire et clique sur l'écran avant de me rendre mon téléphone.

— Tu as lu tous mes messages ? lui demandé-je d'un air contrarié.

— Non, je les ai effacés.

Je ne sais pas s'il est sérieux. Il ne sourit pas, mais il a l'air suffisant. Comme s'il avait obtenu exactement ce qu'il voulait. Je ne sais pas trop ce que c'était. Juste l'envie de m'énerver ? Ou a-t-il effacé des messages que je n'ai pas encore vus ?

— Tu as intérêt à plaisanter.

— Tu ne devrais pas être sur des applications de rencontres pendant les heures de travail, dit Weston.

— J'étais en pause et je n'utilisais pas les ressources de l'entreprise.

Il tire la langue et se caresse la mâchoire.

— Gardez votre vie privée en dehors du bureau, Mlle Emerson, et nous n'aurons pas de problème.

— Le seul problème que je vois, c'est vous, murmuré-je en ouvrant d'un coup sec la porte de son bureau.

— Pardon ?

— Tu m'as entendu, abruti.

— Quelle maturité.

Son regard se pose sur moi alors que je retourne à mon bureau. Je laisse mes hanches se balancer et je lui donne un spectacle. C'est ce qu'il veut ? Une petite taquinerie ? Est-ce qu'il pense que parce que nous sommes sortis ensemble une fois, lors du pire rendez-vous de ma vie, je lui dois une revanche ?

Même pas en rêve.

Je ne sortirai plus jamais avec Weston Grump. Je préférerais marcher sur des charbons ardents puis sur un lit de clous que de passer une minute de plus avec lui en dehors du travail.

À l'approche de dix-sept heures, je me dirige vers le bureau de Sloane.

— Un verre ?

— Je ne peux pas ce soir. Tu n'as pas l'essayage de la robe pour le mariage de Clare ?

Mes yeux s'écarquillent. J'avais complètement oublié cela.

Je marmonne et jette un coup d'œil à ma montre. Je n'ai aucune chance de traverser la ville avant la fermeture du magasin.

Je compose le numéro de Clare et prie pour qu'elle décroche son portable.

— Tu n'es pas là, me dit Clare.

Pas même un bonjour.

— Je suis désolée. M. Grump m'a mis dans tous mes états et j'ai perdu la notion du temps.

Je ne mentionne pas que j'ai complètement oublié que je devais partir tôt et prendre le métro pour traverser la ville.

— Je me suis inquiétée quand j'ai vu que tu n'étais pas là il y a vingt minutes. Mes retouches sont terminées, donc je suis libre, et je peux aller chercher la robe pour toi. Mais tu dois t'assurer qu'elle te va bien avant le mariage.

— Je sais. Je trouverai quelqu'un pour s'en occuper à la dernière minute si la robe a besoin d'ajustements.

— D'accord, et si je passais chez toi avec la robe quand j'aurai fini ? On peut prendre un plat à emporter ou quelque chose comme ça, parce que Levi n'est pas en ville pour affaires ce soir, et je déteste être seule. Je ne sais pas comment tu fais.

— Merci, marmonné-je en riant.

Je sais qu'elle ne veut rien dire d'offensant, mais c'était un peu violent.

— C'est moi qui régale pour le dîner, puisque tu vas chercher la robe. A quelle heure seras-tu là ?

— Pas avant sept heures avec la circulation.

Je prends le métro pour rentrer chez moi, en évitant Weston. Peut-être que je ne devrais pas laisser ce qu'il a fait m'ennuyer, mais cet homme a l'étrange capacité de me rendre folle. Est-ce qu'il fait ça avec tout le monde ?

D'ailleurs, laissons-le penser que j'ai un rendez-vous galant.

Je rentre à la maison un peu plus tard que je ne l'aurais fait avec le chauffeur de Weston. Non pas que la circulation soit meilleure que le métro, mais les trains sont toujours en retard.

Sur le chemin du retour, je m'arrête pour acheter des plats chinois à emporter et je prends une commande pour deux à partager, avec pas mal de restes. J'arrive à la maison avant que Clare n'arrive et je prends les ustensiles et les assiettes pour mettre la table.

On frappe doucement à la porte et je l'ouvre, surprise de trouver un petit garçon dans le couloir.

— Où est ta mère ? lui demandé-je en me penchant à son niveau.

Je jette un coup d'œil autour de moi, et la porte du 4B est grande ouverte.

N'est-ce pas là que Weston habite ?

— Wes ?

Je l'appelle et je grimace en réalisant qu'il s'est emporté tout à l'heure contre le surnom que je lui avais donné.

— Weston ?

J'essaie à nouveau.

Le petit garçon me montre la porte ouverte et je pénètre à l'intérieur en jetant un coup d'œil autour de moi. L'appartement est propre et bien rangé. Il y a de la vaisselle sur le comptoir et de la nourriture sur la table pour le dîner.

— Ton père est là ? demandé-je.

Le petit garçon, qui ne doit pas avoir plus de trois ans, secoue la tête.

Sur le sol se trouve une femme aux cheveux gris.

Est-ce sa grand-mère ?

Je me précipite à ses côtés et appuie mes doigts sur son pouls, à la recherche d'un signe d'activité, tout en sortant mon téléphone de la poche de mon pantalon et en composant le 9-I-I.

Je signale qu'il y a une femme qui ne réagit pas et qui n'a pas de pouls dans l'appartement 4B. Je donne l'adresse tout en commençant à faire des compressions thoraciques pour essayer d'aider.

Les ambulanciers arrivent et continuent d'essayer de réanimer la femme pendant que Clare monte dans l'ascenseur.

— Tu vas bien ?

— Je vais bien. Ma voisine. Je pense qu'elle vient d'avoir une crise cardiaque. Je dois appeler Weston.

— Pourquoi ?

— C'est son appartement. C'est peut-être sa mère.

Je fais entrer le petit garçon chez moi, mais je laisse la porte de l'entrée grande ouverte au cas où Weston rentrerait.

Je compose son numéro de téléphone, mais il ne répond pas.

Bien sûr, il ne répond pas. Il doit encore m'en vouloir de vouloir avoir une vie en dehors du travail. Je lui envoie un texto, en espérant qu'il me répondra plus vite.

Elisa : Tu as un enfant ? Il va bien d'ailleurs, mais ta mère a été emmenée à l'hôpital. Je l'ai trouvée inconsciente chez toi.

Weston : Qu'est-ce que tu faisais chez moi ?

C'est ça sa réponse ? Pas un simple « merci », ou « j'arrive ». Je montre le texto à Clare.

— Il est probablement inquiet pour sa mère. Mais je veux dire, tu as commencé le message par une accusation.

Clare dit les choses telles qu'elles sont, que je veuille la vérité ou non.

Il est trop tard. Je ne peux pas annuler le message. Il l'a déjà lu et y a répondu.

Clare, le petit garçon et moi dînons chez moi. Après que les ambulanciers soient partis et que j'aie pu joindre Weston, j'ai fermé ma porte d'entrée à clé.

M. Grump sait où j'habite. De plus, il pourrait se rendre directement à l'hôpital. Même s'il m'a dit qu'il rentrait chez lui.

— Tu as un nom ? demande Clare.

Elle sourit au petit garçon qui secoue la tête en disant non.

— Je parie que oui.

Ses joues rougissent et il court se cacher derrière le canapé.

Je m'assois par terre, le dos contre le mur opposé au canapé, pour voir le petit garçon et m'assurer qu'il ne fait pas de bêtises.

— Je m'appelle Elisa, dis-je.

Le petit garçon a les yeux les plus brillants et les plus sombres que j'aie jamais vus. C'est une telle contradiction, et pourtant il vole mon regard. C'est sans aucun doute le fils de Weston. Les cheveux, le sourire. Même la même fossette sur sa joue droite.

Il recule, se heurte au mur, mais ne bronche pas. Il me fixe, et cela me rappelle tellement Weston que c'en est troublant.

Où est la mère du petit garçon ? Weston n'a jamais mentionné qu'il était marié, mais il a également omis de me dire qu'il avait un enfant.

J'expire une grande bouffée d'air tandis que Clare fais la vaisselle et que je garde un œil sur le petit. Je ne veux pas risquer qu'il se mette à faire des bêtises et que son père m'en fasse le reproche.

Je joue avec mon téléphone, jetant de temps à autre un coup d'œil vers le petit. Il m'observe avec curiosité avant de se jeter sur moi, essayant de me disputer le téléphone.

— Oh, tu es comme ton père, dis-je en riant, alors que le petit garçon essaie de s'emparer de mon téléphone portable.

Clare me jette un coup d'œil par-dessus son épaule.

— Je crois que j'ai raté quelque chose.

— Wes a décidé de me piquer mon téléphone et d'effacer mes messages sur l'application de rencontres au travail.

— Attends, quoi ? Et comment ça, « Wes » ? demande Clare en souriant. Wow, tu lui as donné un surnom.

— Seulement parce que je sais qu'il déteste ça. Oui, je suis une peste à ce point-là.

— Peste, répète le petit garçon, et il m'arrache mon téléphone des doigts.

— Non, non, non. Tu ne peux pas dire ça.

On frappe fermement à la porte d'entrée, et Clare l'attrape avant que je ne puisse me lever.

— Tyler ? dit Weston, renonçant à toute politesse.

— Il est juste là, dit Clare en nous montrant du doigt le sol.

Le petit garçon est toujours en train de se battre pour mon téléphone, mais dès qu'il voit Wes, il relâche son emprise.

— Papa, crie Tyler, et il court vers son père.

Weston se penche et prend le petit dans ses bras, le serrant et l'embrassant à plusieurs reprises. J'ai l'impression de m'immiscer dans ce moment si intime.

— Je suis désolée pour ta mère. Tu vas à l'hôpital ?

Je me lève et m'approche de lui.

Clare recule d'un pas et reste dans la cuisine, bien qu'elle puisse voir et entendre tout ce qui se passe. Mon appartement n'est pas immense, mais il y a assez de place pour qu'elle soit à l'aise.

— Marthe est la nounou de Tyler.

— Oh. Je pensais que les nounous étaient des jeunes de vingt ans sortant de l'université.

— C'est un stéréotype, dit Clare en plaisantant. J'étais la nounou d'Amelia.

— Oui, mais tu es super jeune, dis-je en jetant un coup d'œil à Clare par-dessus mon épaule.

— Vingt-neuf ans.

J'ai cinq ans de plus que Clare. Mon horloge biologique tourne. Je reporte mon attention sur Weston.

— Y a-t-il quelque chose que je puisse faire ? lui demandé-je.

Je ne sais pas trop comment l'aider, mais ses yeux sont sombres et usés, son visage maussade.

Il doit être proche de Martha.

— Je vais passer à l'hôpital et voir ce que je peux trouver, dit Weston.

— Tu veux que je surveille Tyler ? demandé-je, ayant appris son nom.

Il jette un coup d'œil de Tyler à moi, comme s'il n'était pas sûr que ce soit une bonne décision.

— Je vais rester et aider, propose Clare. Je surveille Amelia depuis qu'elle a cinq ans.

Les sourcils de Weston se froncent. Il n'a pas l'air convaincu que nous puissions nous occuper d'un seul petit garçon à nous deux.

— Tyler a trois ans et ta maison n'est pas sécurisée.

— Tu nous demandes de le garder chez toi ?

Je ne sais pas où il veut en venir. Essaie-t-il de s'en servir comme excuse ou est-il sérieux ?

Clare ajoute :

— Si vous restez à l'hôpital un certain temps, ce serait bien de le garder dans un endroit qu'il connaît bien. Surtout si c'est bientôt l'heure d'aller au lit.

— Pas lit !

Tyler se tortille sous l'emprise de Weston, essayant de se libérer.

Son père pousse un lourd soupir.

— Vous êtes sûres ? Je peux le prendre avec moi.

— Non, tu ne peux pas.

Je m'avance vers les deux garçons aux fossettes les plus mignonnes que j'aie jamais vues. Je pourrais facilement tomber amoureuse de l'un d'entre eux. L'autre, c'est une idée à laquelle je ne devrais même pas penser.

— Les hôpitaux ne laissent pas entrer les enfants en visite, et il sera l'heure d'aller au lit avant que tu ne reviennes. N'est-ce pas ?

— Pas lit, répète encore Tyler.

J'imagine que Weston est submergé par tout ce qui se passe.

— C'est bon. Nous pouvons nous occuper d'un petit garçon pendant quelques heures, dis-je.

— Je reviendrai dès que j'aurai des nouvelles de l'hôpital. Je t'enverrai un message dès que possible.

Weston raccompagne Clare dans le couloir et jusqu'à sa porte pendant que je ferme mon appartement à clé. Je glisse mon téléphone dans ma poche et j'entre. Il y a un plat cassé sur le sol qui doit être nettoyé.

Weston me tend Tyler.

— Il faut que je nettoie ce bordel avant de partir.

— On s'en occupe, dis-je. Je te promets qu'on peut s'occuper de lui pendant que tu vas voir la nounou à l'hôpital. Tu devrais probablement contacter sa famille aussi. Fais-leur savoir ce qui se passe. Je suis sûre qu'ils seront inquiets et qu'ils voudront aussi des réponses.

— Elle n'a personne, dit Weston. Et je ne vais pas vous laisser nettoyer ce gâchis tout en vous occupant de mon fils.

Son fils.

Ces mots me font un drôle d'effet. J'ai tellement de questions à poser, mais je n'ai pas envie de le faire, du moins pas maintenant. Mais il est clair que le grincheux n'est peut-être pas un si mauvais bougre après tout.

L'enfant s'attache à lui et Weston a peut-être un côté plus doux que je n'avais pas vu jusqu'à aujourd'hui.

Clare nettoie la nourriture qui se trouve sur le comptoir et fait la vaisselle pendant que Weston ramasse les minuscules morceaux de l'assiette qui s'est brisée. Il s'assure que le sol est sûr et impeccable, passe l'aspirateur sur le parquet avant de serrer Tyler dans ses bras.

Il me donne un tas d'instructions en sortant, m'indiquant l'heure à laquelle il doit se coucher, me montrant où se trouve sa chambre, au cas où je n'aurais pas compris que le lit rouge vif en forme de voiture de course était destiné à un enfant de trois ans.

— Ne pense pas que je suis une baby-sitter gratuite pour quand tu as des rendez-vous galants, plaisanté-je avec Weston alors qu'il s'apprête à franchir la porte d'entrée.

— Ce n'est pas drôle, Elisa.

Mais je jure que j'aperçois un soupçon de sourire sur ses lèvres.

Il passe la porte et il ne reste plus que nous trois.

Tyler ne semble pas accablé par le départ de son père, ce qui est un soulagement. Il est occupé à jouer avec son jouet, qui se trouve être un vrai téléphone très ancien. Je ne sais pas si c'est très sûr pour un enfant de son âge, mais c'est son père qui le lui a donné.

Ce n'est pas à moi de dire quoi que ce soit. Je dois simplement veiller à ce qu'il ne soit pas blessé.

Une fois que Tyler a enfilé son pyjama et s'est couché avec une histoire, j'éteins les lumières et ferme la porte de sa chambre, puis je me dirige vers le salon avec Clare.

— Combien de temps penses-tu qu'il sera parti ? demande-t-elle.

— Tu as besoin d'y aller ? Je peux m'en occuper à partir d'ici. Tu as été d'une grande aide.

Le sourire de Clare s'élargit encore.

— Bien sûr que non, je ne vais nulle part. Le vrai plaisir commence maintenant que le petit est endormi et qu'il ne peut pas nous dénoncer.

— Qu'est-ce que tu racontes ?

Je la regarde, perplexe.

— Nous pouvons fouiner dans la maison de ton patron, dit Clare. On verra ce qu'on peut trouver. Tu ne savais pas qu'il avait un enfant. Il est clair qu'il garde des secrets. Tu n'es pas un peu curieuse ? La mère de Tyler est-elle dans le coup ? Y a-t-il une Mme Grump ?

Je gémis et m'effondre sur le canapé, la tête entre les mains.

— Je ne suis pas sûre de vouloir le savoir.

— Eh bien, je veux savoir, dit Clare, et elle se dirige vers le couloir. Tu es la bienvenue pour me rejoindre ou pour faire le guet pour quand Weston rentrera.

Je jette un coup d'œil à ma montre. Il est déjà parti depuis plus d'une heure.

— Il peut revenir d'une minute à l'autre.

— Il t'a envoyé un texto ? demande Clare.

Je jette un coup d'œil à mon téléphone.

— Il a dit qu'il t'enverrait un message quand il aurait des nouvelles. Je ne pense pas qu'il sera de retour avant de l'avoir fait.

Tout en moi me dit que c'est une mauvaise idée, mais je suis Clare dans la chambre de Weston.

— Tu as fait ça avec Levi ? lui demandé-je.

— Non, mais Levi ne m'a pas caché des secrets comme celui d'avoir un enfant. S'il l'avait fait, on ne se serait jamais rencontrés.

Clare esquisse un sourire et se dirige vers la commode.

— Les mecs gardent toujours les cadeaux derrière les chaussettes ou les sous-vêtements.

— Et comment sais-tu cela ? demandé-je.

— Ce n'est pas là que tu ranges tes jouets sexuels ?

— Non, je range les miens dans le tiroir de ma table de nuit.

Clare éclate de rire.

— Tu n'étais pas censé admettre que tu avais des sex toys.

Elle a un sourire sournois.

Je roule des yeux et attrape un oreiller sur le lit de Weston, le lui lançant à la figure.

— C'est juste un vibromasseur. Peu importe. Comme si c'était important.

Weston se racle la gorge derrière nous.

— Qu'est-ce qui se passe ?

Il se tient dans l'encadrement de la porte et nous regarde toutes les deux.

Clare tourne sur elle-même, essayant lentement de fermer le tiroir de la commode, mais celui-ci grince, attirant son attention.

Elle me jette l'oreiller à la figure et se précipite hors de la chambre. Weston la laisse s'échapper. Mais il bloque l'entrée de la porte, s'assurant que je ne lui échappe pas.

Je serre l'oreiller entre mes mains, l'utilisant comme une distraction momentanée. Je pourrais le lui lancer, essayer de le contourner et courir jusqu'à mon appartement.

Mais je devrai l'affronter demain au travail.

Je ne suis pas une lâche. Mais je ne suis pas non plus prête à être humiliée. Eh bien, il est trop tard pour cela, semble-t-il. Je replace l'oreiller sur le matelas comme si nous n'étions pas en train de fouiner dans sa chambre.

— Assieds-toi, aboie-t-il.

C'est comme un ordre, et je m'exécute docilement.

Je pose mes fesses sur le bord du lit et Weston se dirige vers moi, me coinçant entre lui et le matelas.

— Est-ce que tu manques toujours de respect à l'intimité des autres ?

Il me lance un regard noir et je frissonne.

— Tu as gardé Tyler secret. Quels autres secrets caches-tu ?

— Ça ne te regarde pas, grogne-t-il, et il recule d'un pas dans sa chambre.

Je pousse un petit soupir de soulagement lorsqu'il recule suffisamment pour ne pas me dominer et empiéter sur mon espace personnel.

Weston desserre sa cravate et la fait glisser. Sans un mot, il déboutonne le bouton supérieur de sa chemise.

J'essaie de ne pas être excitée par le fait que mon patron pourrait très bien se déshabiller devant moi.

Même s'il a montré plus de peau en retroussant ses manches.

Il est calme sans être calme. Son attitude est sombre et devient de plus en plus chaude.

— Qu'est-ce que tu cherchais ? demande Weston.

Je le regarde fixement, sa question me prenant au dépourvu.

— Hmm ?

— Qu'est-ce que tu t'attendais à trouver ?

Il fait un geste vers la commode.

Honnêtement, je ne sais pas trop. Ce n'était même pas mon idée, mais je ne vais pas blâmer Clare. J'ai accepté. J'aurais pu l'en empêcher, mais je ne l'ai pas fait.

— Es-tu marié ? m'empressé-je de dire.

— A toi de me le dire, Mlle Emerson la détective.

Il se moque de moi.

— Il y a des photos sur les murs du salon. As-tu vu des preuves d'un mariage ? D'une épouse ? Une lune de miel ?

— Je n'ai pas fait attention.

Il défait les boutons de manchette de sa chemise et s'approche de la commode. Il ouvre le tiroir du haut, récupère une petite boîte et en ouvre le couvercle pour y déposer les boutons.

— Mais tu as trouvé raisonnable de fouiller dans ma chambre ?

Il serait facile de blâmer Claire.

— Tu n'as jamais parlé d'un enfant quand nous sommes sortis ensemble.

Je déteste en parler, de ce rendez-vous infernal. Même si, en tant que patron, il ne me confie pas qu'il a un fils, j'aurais espéré qu'il en parle lorsque nous sortions ensemble.

— C'était un rendez-vous minable, Elisa. Mes conquêtes d'un soir n'ont pas besoin de savoir pour mon fils.

C'est ce qu'il voulait ce soir-là au bar ? Un coup d'un soir.

— Après mon départ, es-tu rentré chez toi avec la blonde ?

Je ne peux m'empêcher de sentir la morsure de la jalousie s'infiltrer dans mes veines. Pourquoi devrais-je m'en soucier ? Ça ne devrait pas avoir d'importance. Nous ne sommes rien. Nous n'avons jamais rien été. Mais le fait qu'il ait porté son attention sur elle plutôt que sur moi me fait toujours mal.

— Quoi ? s'emporte-t-il en poussant le tiroir de la commode.

Il relève ses manches. Son visage est rouge. Son front est couvert de sueur. Le chauffage a été monté un peu trop haut, comme si nous étions sous une lampe chauffante, en train de cuire.

— La blonde que tu as regardée pendant notre rendez-vous. Tu l'as ramenée ici ? Tu as visiblement un faible pour les blondes.

Il hausse un sourcil.

— Tu crois tout savoir de moi, Mlle Emerson. Je t'assure que ce n'est pas le cas.

— Parce que tu gardes des secrets, rétorqué-je.

— Je ne suis pas le seul.

Weston s'approche du lit, et je veux me lever, mais je suis gelée à l'intérieur.

— Et si j'ai gardé Tyler secret, c'est parce que personne n'a besoin de savoir pour mon fils. Ce n'est l'affaire de personne d'autre.

— Je ne comprends pas. Ce n'est pas comme si tu gardais une photo de lui dans ton bureau.

Weston passe ses doigts dans ses épaisses mèches sombres. Ses cheveux sont désordonnés et ondulés. Cela le rend encore plus séduisant et sexy. Maudit soit-il.

Sa mâchoire est serrée et son regard est fixé sur moi. Plus il me fixe, plus j'ai envie de tendre la main et de tracer la barbe le long de sa mâchoire. La rudesse qu'il dégage va bien au-delà de son apparence.

Au lieu de cela, je garde les mains posées sur mes genoux, je le fixe et j'attends qu'il me réponde.

— Je suppose que tu n'es jamais sortie avec un milliardaire.

Il penche la tête, guettant ma réaction. Essaie-t-il de m'exciter ?

— Je ne savais pas que tu milliardaire, murmuré-je.

Il ne mène pas le style de vie somptueux de quelqu'un qui est riche au-delà de toute mesure. Il vit dans mon immeuble. Qui fait cela ?

— Je n'ai pas l'habitude de révéler mes secrets à tout le monde, dit Weston.

Il se racle la gorge.

— Mon fils n'a pas besoin d'être un pion dans le jeu de quelqu'un d'autre. Il ne mérite pas d'être photographié et exposé comme un animal sauvage dans un zoo.

— Personne ne suggère cela, Weston, dis-je.

Je passe mes doigts sur mon pantalon. Mes mains sont moites, mais au moins il ne me reproche plus de m'être faufilée dans sa chambre. La conversation est centrée sur lui, ce que je préfère. Je veux tout savoir sur Weston Grump.

— Peut-être pas, mais as-tu vu les gros titres avec mon visage en tant que « Célibataire de l'année » ? Comme si c'était un putain de titre que je voulais, grince-t-il en s'appuyant contre le mur.

Il défait les lacets noirs de ses chaussures de ville et les enlève une à une.

— J'ai suffisamment de notoriété grâce à la société de mon père, ma société, dit-il en se corrigeant.

Sa mâchoire se crispe.

— Je n'ai rien demandé de tout ça, et le nombre de femmes, dès qu'elles réalisent qui je suis, elles veulent plus qu'une seule nuit.

— Tu es sûr que ce n'est pas à cause de ton esprit et de ton charme ?

Il me lance un regard noir.

— Je n'ai pas besoin d'une femme avide d'argent qui cherche un sugar daddy.

— Tu ne sors pas avec les croqueuses de diamants ?

— Je ne sors pas avec les femmes, précise-t-il en se raclant la gorge et en détournant le regard.

Il y a une lueur d'espoir, mais je n'arrive pas à le cerner.

Est-ce de la nostalgie ?

Du désir ?

Ce n'est certainement pas ce qu'il ressent à mon égard. Et s'il le faisait, je sauterais par la fenêtre. Ou pas.

CHAPITRE SIX

WESTON

Personne n'était censé savoir pour Tyler. Bon sang !

Ce n'est pas que j'ai honte de mon fils, bien au contraire, je veux le protéger. Et je ne peux pas le faire s'il peut être utilisé comme un outil contre moi.

Je renoncerais à tout pour protéger Tyler, et je crains que quelqu'un n'en profite.

Le kidnapper.

Qu'il soit rançonné.

Et si ces peurs ne suffisent pas à rendre un homme fou, le fait qu'il soit né avec une maladie génétique rare n'aide pas non plus.

Personne ne peut dire, en le regardant, à quel point il est fragile à l'intérieur.

— Qu'est-ce que tu veux dire par "je ne sors pas avec les femmes" ?

Elisa me regarde avec envie, perchée sur le bord de mon matelas.

Qu'est-ce qui m'a pris de lui ordonner de s'asseoir sur mon lit ? J'aurais dû la tirer de ma chambre où elle furetait et l'asseoir sur le canapé en face de moi.

Je ne peux pas expliquer l'étincelle que je ressens en sa présence. C'est magnétique, comme un courant électrique attiré par l'eau. Elle est mortelle et dangereuse, et pourtant je continue à penser à elle.

Quand je ne lui réponds pas assez vite, sa langue passe sur sa lèvre inférieure et elle mord.

— Qu'est-ce qu'on faisait, Weston ? Quand tu m'as invité à boire ? demande Elisa.

Elle ne veut pas laisser tomber.

Ce que je donnerais pour faire taire ces lèvres.

Je m'avance, mes jambes l'empêchant de bouger, mon corps la plaquant contre le lit. Je me penche, mon pouce guidant son menton vers le haut, et je la regarde dans les yeux.

— Je pensais que tu m'inviterais chez toi.

Elle se moque de mes paroles et se dégage de mon emprise, me faisant tomber à la renverse alors qu'elle se lève et se dirige vers la sortie de ma chambre.

— Je ne suis pas juste une fille que tu peux baiser, dit-elle.

— Nous l'avons déjà établi.

Je n'aurais pas dû lui demander de sortir avec moi. C'était stupide de penser que je pouvais coucher avec une fille qui vit dans le même immeuble. J'espérais un petit plan cul de temps en temps. Un scénario de type "ami avec avantages".

Et elle a attiré mon attention. Ma bite a réagi instantanément quand je l'ai vue, mais lors de notre rendez-vous, elle était complètement différente de ce que j'avais imaginé. C'est là mon erreur.

Je ne suis pas fier d'avoir le statut de célibataire tout le temps.

Mais je ne suis pas à la recherche d'un engagement ou d'une relation. Je n'aime pas l'exclusivité. Je ne suis pas le genre d'homme que les femmes veulent épouser, à moins que ce ne soit pour mon argent.

Non, merci.

Elisa prend son sac à main sur le canapé.

— J'espère que ta nounou va bien. Je te verrai au travail demain.

Elle se dirige vers la porte d'entrée en la claquant derrière elle.

Je grimace, espérant qu'elle n'a pas réveillé Tyler.

— Martha est morte, chuchoté-je, sans qu'Elisa puisse entendre un mot de ce que je dis.

Elle est dans le couloir, se dirigeant vers son appartement.

Demain sera épuisant. Je n'arrive même pas à imaginer comment je vais m'occuper de Tyler toute la journée. Je ne peux pas le déposer à l'école maternelle pendant son jour de congé. Il n'y va que trois jours par semaine.

Et travailler à la maison n'est pas possible d'un point de vue logistique.

Je vais devoir l'emmener avec moi. C'est la seule chose qui ait un sens. Je ferme la maison à clé et j'éteins les lumières. Les filles ont bien nettoyé la cuisine et fait la vaisselle. Je n'ai pas grand-chose à faire d'autre que d'aller me coucher.

Je vérifie que Tyler dort bien avant de me rendre dans ma chambre. Je saute dans la douche, espérant qu'elle me rafraîchira, mais tout ce qu'elle fait, c'est me faire penser à la fille d'à côté.

Elisa Emerson.

Nue.

Se tortillant dans mes bras tandis que j'enfonce ma bite dans son corps tremblant. Sa chatte se resserre et s'agrippe à ma queue, m'entraînant avec elle.

Ma douche fraîche devient chaude, et je caresse ma longueur, imaginant que c'est sa main, ses lèvres, sa chatte qui m'entourent.

Je ne devrais pas penser à elle.

Ce n'est pas seulement parce qu'elle est mon employée, mais putain, c'était un premier rendez-vous merdique. Le pire.

Certes, ce n'est pas de sa faute si ses cheveux ont pris feu. Je devrais poursuivre la serveuse qui a provoqué l'accident. Mais ce n'est pas comme si j'avais besoin d'argent. Et je n'ai pas l'intention de mener les batailles d'Elisa à sa place.

Je termine sous la douche, j'attrape une serviette et je me dirige vers la chambre pour me sécher. Mon téléphone sonne parce que quelqu'un vient de m'envoyer un SMS.

Je m'approche de la table de nuit et jette un coup d'œil à mon téléphone. C'est Elisa.

Je m'essuie les mains, m'assurant qu'elles ne sont pas mouillées lorsque j'attrape le téléphone.

J'ouvre l'application et je lis son message.

Elisa : Désolée d'avoir fouiné.

Je clique sur l'écran pour taper et je glisse accidentellement sur le bouton de chat vidéo.

Elle répond avant que je ne puisse raccrocher.

— Acceptes-tu mes excu...

Elle ne termine pas sa phrase.

— Weston, tu es nu, dit-elle d'une voix rauque.

L'écran ne montre rien de plus que mon torse, mais elle a raison, je suis nu. Et je n'avais certainement pas l'intention de l'appeler pendant que je me séchais après ma douche chaude, où je me suis défoulé en pensant à elle.

Je ne peux pas avoir de sentiments pour Elisa.

Je l'ai déjà fait une fois, et ça n'a fonctionné pour aucun de nous deux.

— Je suis juste en pyjama, dis-je.

C'est un mensonge, mais elle ne voit rien en dessous de ma taille.

Il est évident qu'elle rougit. Ses joues sont rouges et elle détourne son regard de l'écran.

Est-ce que je la rends nerveuse ?

Ou est-ce qu'elle est excitée en ce moment parce qu'elle est attirée par moi ?

— Regarde-moi, dis-je.

Elle fronce le nez et ferme les yeux, tournant la tête vers l'écran.

— Tu as mis une chemise ?

— Non, je t'ai dit que j'étais en pyjama.

— Attends, tu dors nu ?

Je ne peux m'empêcher de rire en m'effondrant sur le matelas et en gardant mon téléphone en position pour qu'elle ne voie que mon visage et ma poitrine.

— Tu aimerais le découvrir ?

Ses yeux s'écarquillent d'horreur.

— Bonne nuit, Weston !

Elle met fin à l'appel.

J'attrape un caleçon dans ma commode et l'enfile au cas où Tyler se réveillerait au milieu de la nuit.

Je ne suis pas fatigué. Il y a quelque chose chez Elisa qui m'empêche de fermer les yeux et de m'endormir. C'est peut-être la poussée d'adrénaline que je ressens à son contact. Elle me fait ressentir des choses que je m'étais interdites, des émotions que je m'étais juré de ne plus jamais révéler.

———

Le lendemain matin, je n'ai pas d'autre choix que d'emmener Tyler au travail avec moi. Ce n'est pas l'idéal, mais je ne peux pas demander à mon chauffeur de le surveiller.

Je m'habille et m'assure que mon fils est prêt, avec des snacks et des jouets dans un sac à dos. Je le porte dans l'ascenseur.

Elisa nous attend déjà lorsque nous arrivons en bas.

— Hey, Tyler, dit-elle en l'accueillant avec un sourire chaleureux. Je ne savais pas que tu venais avec nous aujourd'hui.

— Je n'ai pas d'autres dispositions pour la nounou, dit Weston en s'éclaircissant la gorge.

— Tu veux que j'appelle Claire pour lui demander si elle peut aider à le garder ?

— Pourquoi ?

La lèvre inférieure d'Elisa s'écarte. Elle est adorable quand elle fait la moue.

— Parce que c'est une nounou et que tu as besoin d'aide.

— Une nounou est quelqu'un qui vit chez moi et qui aide Tyler. Je ne veux pas que des baby-sitters différentes entrent dans sa vie.

— Tu as peur qu'il prenne exemple sur son père et devienne célibataire ?

Camden se gare devant le bâtiment.

Voyant Tyler dans mes bras, il ouvre le coffre et prend le siège auto de mon fils. Je l'installe dans le véhicule et y attache mon fils. Je grimpe sur le siège avant, car il n'y a pas assez de place pour nous trois.

— Tout va bien ? demande Camden en me jetant un coup d'œil.

Je secoue la tête.

— Martha a eu une crise cardiaque la nuit dernière.

— Oh non, c'est horrible, dit Camden.

— C'était vraiment choquant, marmonné-je en me frottant le front.

J'ai à peine dormi la nuit dernière, me demandant comment j'allais gérer Tyler tout seul.

Martha était comme une famille et m'avait aidé à élever Tyler depuis le moment où il était rentré de l'hôpital.

Tyler s'accroche à sa peluche. Il est attaché à ce dinosaure bleu, l'emmène partout avec lui et dort avec lui. Ce qui ne serait pas un problème, mais le nombre de fois où nous l'oublions ou l'égarons rend l'heure du coucher atroce.

Elisa parle doucement à Tyler, et je jurerais qu'elle le berce pour qu'il s'endorme.

Lorsque nous arrivons, nous nous dirigeons vers l'ascenseur et il se tortille dans mes bras, commençant à se réveiller. Je lui frotte le dos et Elisa appuie sur les boutons de l'ascenseur tandis que nous nous dirigeons vers mon bureau.

C'est dommage qu'il n'y ait pas de garderie au bureau. C'est une amélioration que je pourrais envisager dans un avenir proche, pour le bien de Tyler. De cette façon, je pourrai être plus souvent auprès de mon fils pendant que je travaille et je n'aurai pas à faire appel à une autre nounou pour remplacer Martha.

CHAPITRE SEPT

Elisa

Tyler, le fils de Weston, est un vrai charmeur. Il est adorable, contrairement à son père grincheux.

Je confie le petit à son père pendant que je me concentre sur le nouveau projet que Weston veut lancer, ainsi que sur le travail d'acquisition qui doit être fait pour que nous puissions envisager de lancer plusieurs films.

Je suis en retard sur mon travail, et même si je pourrais facilement rester tard et tout finir, je perdrais alors mon trajet gratuit pour rentrer chez moi, et c'est agréable de ne pas avoir à prendre le métro.

Weston me gâte, qu'il le sache ou non.

Bien que je sois tentée d'en savoir plus sur la mère de Tyler, je ne peux pas carrément demander. Certainement pas au travail. Peut-être si nous sommes seuls ensemble de temps en temps, ce qui semble peu probable. Je pourrais l'inviter à déjeuner, mais Tyler nous accompagnerait, et je ne veux pas poser la question devant le petit garçon.

Je passe la journée à faire le plus de travail possible. J'appelle également plusieurs tailleurs locaux. J'ai essayé la robe pour le mariage de Clare, et la noire est sexy, mais elle ne me va pas tout à fait. J'ai besoin que l'ourlet soit relevé et que la robe soit pincée au niveau des seins.

Cela ne devrait pas être trop compliqué, et si je savais coudre, je le ferais moi-même. Mais je n'ai pas touché à une machine à coudre depuis le collège.

Je laisse trois messages, en espérant que l'une des entreprises me rappellera.

Sinon, je me débrouillerai. Peut-être que Sloane sait coudre et qu'elle pourra me sauver la mise ?

Vers la fin de la journée, je déverrouille mon téléphone, vérifiant mes messages. Rien de la part des tailleurs, mais j'ai un nouveau message sur l'application de rencontres.

J'ouvre l'application et clique sur le profil de l'expéditeur. Il n'y a pas de visage, mais le gars a un corps d'enfer. Il doit faire de la musculation tous les jours. Il n'y a pas grand-chose sur lui, et le profil est nouveau.

J'ouvre les messages pour lire celui qu'il a envoyé.

Steamy Single Dad : Sunny in Paris, ton profil a attiré mon attention. Comment se passe la vie en France ?

Je clique sur répondre et tape rapidement une brève réponse.

Sunny in Paris : Je n'ai jamais vécu à Paris. Mais c'est un endroit que j'ai toujours voulu visiter. Peux-tu m'envoyer des photos de ton visage ? Je n'aime pas les mecs sans tête.

Je ne continuerai pas à converser avec lui s'il ne m'envoie pas une photo de son visage. Je veux dire qu'il aurait très bien pu poster une photo du corps de Thor et non le sien.

Cela ne montre pas qu'il est en ligne. C'est dommage. Je me lève et m'étire.

J'ai passé la journée assise à mon bureau et mon cou en fait les frais. Je me dirige vers le couloir et la salle de repos, et je suis surpris de trouver Tyler et Weston en train de prendre des collations.

— Je ne t'ai pas vu quitter ton bureau, dis-je en adressant un sourire amical à Tyler.

— Tu étais occupée sur ton téléphone, dit Weston.

— Je vérifiais juste les messages. J'attends des nouvelles du tailleur pour le mariage de Clare.

Son regard vacille.

— C'est quand ?

— Dans moins de dix jours.

— C'est un délai serré.

— Sans blague, murmuré-je. Je trouverai quelque chose.

— Tu veux partir plus tôt ?

Parle-t-il à Tyler ou à moi ?

— Elisa ? demande-t-il.

Mon téléphone portable sonne.

— Il faut que je réponde, mais oui, j'ai fini quand tu veux.

Je réponds à l'appelant et retourne vers mon bureau. Je suis soulagée d'avoir trouvé un tailleur qui accepte de faire les retouches à temps pour le mariage.

Weston attend près de mon bureau et dès que je raccroche, il me regarde fixement.

— De bonnes nouvelles ?

— Oui. Je dois juste récupérer ma robe et me rendre à Hunts Point. Le tailleur est dans le Bronx.

Weston secoue la tête.

— Tu n'iras pas là-bas toute seule. Je ne suis même pas sûr de vouloir que tu y ailles.

— Ça ira. Ne t'inquiète pas, je prendrai un taxi et...

— Non.

Weston est ferme.

— Je ne veux pas que tu ailles dans un quartier dangereux. Absolument pas.

— Je fais comment, alors ? Personne d'autre n'est disponible dans un délai aussi court.

Je passe une main dans mes cheveux.

— Je suis désolée.

Je ne devrais pas me défouler sur Weston à propos de la robe.

— Cela me concerne, parce que tu travailles pour moi et que je ne vais pas me priver d'une assistante quand tu finiras morte ou victime de trafic sexuel.

Je ris à sa remarque.

— Assassinée, peut-être. Mais victime de trafic sexuel ?

Je jette un coup d'œil à mes courbes.

— Tu plaisantes, n'est-ce pas ?

Il se mord la lèvre inférieure, secoue la tête et se dirige vers son bureau. Je ne sais pas ce qu'il fait, il range le sac à dos de son enfant peut-être ?

Quelques minutes plus tard, il ressort de son bureau et me tend une carte de visite. Je suppose qu'il s'agit d'un client.

— Tu veux que j'appelle pour toi ? lui demandé-je.

— Je l'ai déjà contacté et il passera ce soir chez toi. Ta robe sera prête pour le mariage.

— Il fait des visites à domicile ? demandé-je. Et le prix ?

— Tu pourras te rattraper avec une danse un de ces jours.

Weston sourit, les yeux brillants.

— Une danse ? Nous n'aurons pas d'autre rendez-vous.

A-t-il perdu la tête ?

Weston se rend dans son bureau pour prendre le sac à dos de Tyler.

— Dis simplement merci et accepte mon aide.

Il tient la main de son fils et nous nous dirigeons tous les trois vers l'ascenseur.

Je me demande si le moulin à rumeurs ne va pas être rempli de toutes sortes de ragots maintenant que tout le monde sait que Weston a un fils. Le fait que je vienne toujours au travail et que je parte avec lui le soir n'aide probablement pas.

Nous descendons et Camden nous attend à l'extérieur, près de l'entrée principale. Il ouvre la porte arrière du côté du conducteur, et je me glisse dans le véhicule pendant que Weston aide à installer Tyler sur le siège arrière.

— Papa, où est Roar ? Est-ce qu'on rentre à la maison ? demande Tyler.

Weston ouvre le sac à dos et lui tend le dinosaure bleu.

— Oui, nous rentrons à la maison et nous allons préparer le dîner. Veux-tu te joindre à nous ? demande-t-il en me jetant un coup d'œil.

— Non, j'ai le rendez-vous pour la robe que tu as pris, tu te souviens ?

— Je peux lui demander de nous retrouver chez moi. Ce n'est pas grave. Ce n'est pas comme si c'était plus loin pour lui.

Je ris nerveusement.

— Tu me proposes un rendez-vous, Weston ?

Il boucle le siège auto de Tyler et ferme la porte avant de me répondre. La question reste en suspens et je me demande ce qu'il va dire.

Outre le mauvais rendez-vous que nous avons eu ensemble, c'est mon patron. Il n'est pas approprié de dîner avec lui, surtout dans sa maison.

Weston s'installe sur le siège avant tandis que Camden prend le volant.

Je boucle ma ceinture et ouvre l'application de rencontres, jetant un coup d'œil à un nouveau message apparu dans l'après-midi.

— Je t'invite à dîner, comme deux amis et collègues le font ensemble, dit Weston. De plus, je te dois un remerciement pour ton aide avec Tyler la nuit dernière.

Va-t-il aussi me donner une explication ? Par exemple, pourquoi son enfant était si secret.

— Je vais dire au tailleur de passer chez moi.

Weston appelle et modifie le lieu de rendez-vous. Lorsqu'il met fin à l'appel, il me jette un coup d'œil.

— Il m'a dit d'apporter tes chaussures, si l'ourlet doit être adapté à tes talons.

— Merci.

Je pousse un soupir de soulagement et jette un coup d'œil au nouveau message de Steamy Single Dad.

Steamy Single Dad : Ne t'inquiète pas, je ne suis pas vraiment un mec sans tête.

Il y a une photo jointe au message, mais son visage est flou. Sérieusement, je ne devrais pas lui laisser le temps de s'exprimer. Je ne devrais pas lui donner la moindre importance, mais j'ai quelques minutes à tuer sur la banquette arrière.

Sunny in Paris : Je vais t'appeler Sleepy Hollow à partir de maintenant. Tu as d'autres photos ou je te bloque ?

J'appuie sur Envoi et le téléphone de Weston émet un bip quelques secondes plus tard.

Il jette un coup d'œil à son téléphone, mais je ne vois pas ce qu'il regarde.

— Le tailleur m'a envoyé un texto disant qu'il allait s'arrêter pour dîner et qu'il aurait quelques minutes de retard. Je lui ai dit de ne pas se presser. N'importe quand ce soir, c'est parfait.

— Merci.

Une fois que nous avons été déposés à notre immeuble, je me dirige vers l'intérieur pour changer de vêtements, me rafraîchir et prendre ma robe et mes chaussures.

Weston a insisté pour que je vienne quand je serai prête.

Je ne suis pas sûre d'être un jour prête à dîner avec lui. Mais au moins, ce n'est pas un rendez-vous galant. Je veux dire, son enfant est avec nous. Ça veut dire que ça ne peut pas être un rendez-vous. C'est juste une discussion amicale autour d'un bon repas.

Pas un rendez-vous.

J'attrape ma robe sur le cintre et mes chaussures, et je me dirige vers la porte d'à côté. Je frappe fermement.

— C'est ouvert, me dit Weston.

J'essaie la poignée de la porte et, bien sûr, il l'a laissée déverrouillée.

— Tu t'inquiètes qu'il m'arrive quelque chose dans le Bronx, mais tu laisses la porte ouverte ?

Weston est dans la cuisine, en train de couper des ingrédients pour une salade. Il a sorti trois bols, mais l'un d'eux est en plastique et plus petit que les deux autres.

J'enlève mes chaussures. J'accroche ma robe à la patère vide près de la porte d'entrée.

— Je peux t'aider ?

— Ça dépend. Tu sais cuisiner ?

— Papa, je veux des carottes, dit Tyler en s'élançant vers Weston.

Il tend la main, offrant une minuscule tranche, et le petit garçon la prend de son père avant d'errer sans but dans la cuisine.

— Alors, est-ce qu'il y a une Mme Grump dans le tableau ? demandé-je.

Il pose le couteau avec un bruit sourd sur le comptoir. Il y a de la chaleur dans ses yeux.

— Tu crois que je t'aurais invitée à sortir si j'étais marié ?

— Non, dis-je doucement. J'étais juste curieuse.

Je jette un coup d'œil à Tyler, ne voulant pas demander franchement où se trouve la mère de l'enfant.

Il doit voir clair dans ma question. Suis-je si évidente que ça ?

— Il n'y a que nous deux. Cela a toujours été le cas. Il en sera toujours ainsi, dit Weston.

— Tu te débrouilles bien avec lui, dis-je.

— Je fais de mon mieux.

Il prend le couteau et recommence à couper des légumes et de la laitue pour la salade.

Nous ouvrons une bouteille de vin et la buvons presque entièrement pendant le repas.

Ensuite, j'aide à faire la vaisselle pendant qu'il prépare Tyler à se laver et à aller au lit.

J'hésite à partir. Je n'ai aucune raison de rester, si ce n'est que le tailleur est censé venir chez Weston et non chez moi.

D'ailleurs, il ne tarde pas à arriver et je me précipite dans la salle de bains pour mettre la robe et enfiler mes chaussures afin qu'il puisse faire un ourlet parfait.

Des pas souples effleurent le sol et je jette un coup d'œil par-dessus mon épaule alors que Weston se faufile hors de la chambre de Tyler.

— C'est bon de te voir, Nigel.

— Content de te voir aussi, Weston.

— Merci d'être venu si rapidement, dit Weston.

— Un rendez-vous chic pour vous deux ? devine Nigel en épinglant ma robe.

— Juste un mariage, dis-je.

— Quoi ? Vous allez vous marier ?

— Non, répondons-nous tous les deux à l'unisson.

Je suis reconnaissante au tailleur de ne pas m'avoir poignardée avec une épingle. Il est évident qu'il est distrait, qu'il me regarde et qu'il regarde Weston.

— Eh bien, vous auriez pu me tromper avec les regards charbonneux que vous échangez tous les deux. Vous sortez ensemble ?

— Non, dis-je, cette fois-ci plus vite que Weston ne peut répondre.

Il termine l'ourlet et me fait me retourner pour faire face à Weston.

Le regard noir de Weston s'élargit en fixant l'encolure en V de ma robe, qui révèle un large décolleté.

— Tu vas fermer le haut, c'est ça ? demande Weston.

— C'est à Mlle Emerson de décider, n'est-ce pas ?

— Oui, et j'aimerais qu'il soit bien ajusté, mais il n'est pas nécessaire qu'il cache mon décolleté. J'ai des seins, dis-je en riant.

Les oreilles de Weston rougissent et il détourne le regard.

—Est-ce que quelque chose que j'ai dit t'a mis mal à l'aise, Weston ? lui demandé-je.

C'est la première fois que je le vois avoir l'air troublé.

Il se racle la gorge et quelques secondes s'écoulent pendant qu'il se reprend lentement. — Pas du tout. C'est juste que je n'aimerais pas les voir sortir de ta robe.

— Et qu'est-ce qui pourrait sortir exactement ? demandé-je, le regardant avec incrédulité.

J'essaie de ne pas rire alors qu'il se déplace sur ses pieds.

— Nous ne parlons pas de mes seins, n'est-ce pas ?

Je le taquine. Je ne peux pas m'en empêcher. Je veux le voir se tortiller.

Il passe sa langue au coin de sa lèvre.

— Je ne pense pas que tous les hommes présents au mariage aient besoin de voir tes seins, Elisa.

— Tu veux voir mes seins ?

Nigel est un professionnel, il se tient là et épingle l'encolure ouverte qui plonge dans mon décolleté, révélant une vue imprenable. Il ne dit pas un mot sur le commentaire que je viens de faire à Weston.

— Nous avons terminé, dit Nigel. Si vous voulez enlever la robe, je l'emporterai avec moi et elle sera terminée dans quelques jours.

— Merci, dis-je, et je me précipite dans la salle de bains, dont je ferme la porte.

Je remets mon jean déchiré et mon tee-shirt. J'ai essayé de choisir la tenue la moins sexy que j'ai pu trouver.

Nigel et Weston font leurs adieux et je remets ma robe à Nigel en lui promettant de la récupérer à temps pour le mariage.

— Je devrais probablement rentrer chez moi, dis-je en montrant la porte.

— Tu t'inquiètes de la circulation ? plaisante Weston. Je sais qu'il y a une sacrée distance à parcourir jusqu'à chez toi.

— Très drôle.

Je roule des yeux et passe devant Weston, pour le sentir m'attraper par les hanches et me tirer contre lui. Il grogne et je respire nerveusement.

— Je t'aime bien, beaucoup, murmure-t-il, son souffle taquinant le mien tandis qu'il passe de mes yeux à mes lèvres.

Je n'ose pas admettre qu'il me fait bouillir. La haine brûlante que j'ai ressentie pour lui le premier jour au bureau, après notre rendez-vous, mijote.

Le vin du dîner me fait tourner la tête et la pièce est chaude. Je me mets sur la pointe des pieds, j'ai envie de l'embrasser.

— Tu t'es déjà demandé quel goût j'avais ? lui demandé-je.

Un sourire chaleureux couvre son visage.

— Oui.

Il l'admet.

— J'ai envie de goûter tes lèvres depuis le rêve que j'ai fait l'autre nuit.

Il m'attrape la main, ne me laissant pas glisser hors de sa portée.

— Tes lèvres ne sont pas la seule chose que j'ai envie de goûter. Quel rêve ?

Le sourire grandit sur son visage, il veut connaître tous mes secrets.

Ses mots me font frissonner et m'excitent encore plus.

— Juste un rêve sexuel, dis-je avec un rire nerveux.

— Je vais peut-être devoir ouvrir une deuxième bouteille de vin.

— Tu essaies de me saouler ?

Je penche la tête, je le regarde et je grimace.

— Qu'est-ce qui ne va pas ?

Il sent mon malaise.

J'avoue que j'ai un nœud dans le cou et je baisse la tête. J'ai envie de le fixer, de tracer ses lèvres avec ma langue, mais mon corps a d'autres idées, et je ne suis pas d'accord.

— Tourne-toi, dit Weston, et me guide par les épaules pour que je lui tourne le dos.

J'expire un grand coup. Je suis nerveuse, dos à Weston. J'ai l'impression d'être dans une position vulnérable, mais j'ai confiance qu'il ne me ferait pas de mal intentionnellement.

Son contact est doux mais ferme, ses doigts s'enfoncent dans mes épaules, ses pouces effleurent mon cou.

Un ronronnement s'échappe de mes lèvres ; son toucher est incroyable et électrique.

— Tu viens de ronronner ? demande Weston avec un petit rire.

— Non.

Il ne peut pas le prouver. À moins qu'il ne me fasse recommencer. Et je ne le ferai pas. Je ferai plus attention à la façon dont je réagis à son contact.

Mes yeux se ferment et mon corps commence à se détendre tandis qu'il s'enfonce dans mes muscles tendus, me massant la nuque.

— Si j'avais su que tu étais aussi doué avec tes mains, j'aurais demandé des massages quotidiens en tant qu'assistante.

— Oh, chérie, je suis doué avec mes mains. C'est juste l'échauffement. L'avant-spectacle.

Son souffle me chatouille le cou et je frissonne sous l'effet de l'intensité de son corps qui embrase le mien.

Je me penche en arrière et sa poitrine est pressée contre mon dos, me stabilisant.

De sa main gauche, il continue de masser mes épaules et sa main droite remonte doucement le long de mon cou. Son contact n'est pas seulement apaisant. Il est excitant.

Je serre ma lèvre inférieure entre mes dents. J'essaie de ne pas être excitée par Weston, mon patron. Nous avons emprunté cette voie une fois, ce fut un désastre.

Et il a un enfant. Weston m'a clairement fait comprendre qu'il ne voulait que du sexe. Et c'est peut-être bien comme ça.

Mon corps est certainement d'accord.

La pièce est chaude et j'ai envie de me déshabiller, de me mettre à nu et de grimper sur lui, de le ravir.

Mais si ce n'était qu'un massage pour lui ? Et s'il ne veut pas de moi ?

Il n'y a qu'une seule façon de le savoir. Je me tourne, ses doigts se posent sur mon cou, je relève mes lèvres et j'effleure sa bouche de la mienne.

Le baiser est d'abord doux et tendre, presque paresseux, comme si on se prélassait au coin du feu par une nuit d'hiver.

Il gémit et tire sur ma lèvre inférieure, la faisant glisser entre ses dents.

— Putain, grogne-t-il en me soulevant dans ses bras.

Mes jambes s'enroulent autour de lui, mes entrailles sont en feu à cause de la puissance qu'il dégage. Il y a de l'assurance et du sex-appeal qui se dégagent de lui. D'habitude, je le trouve arrogant, mais là, j'ai juste envie de le déshabiller.

Mes doigts dégagent habilement les boutons de sa chemise. Je prends mon temps, sans le vouloir, car mes mains tremblent.

Il prend mes mains et les porte à ses lèvres, embrassant ma peau.

— Tu peux la déchirer, dit-il avec un sourire en coin.

Comme je ne déchire pas sa chemise assez vite à son goût, il l'ouvre d'un coup sec et les boutons se détachent, volant à travers la pièce.

Il me dépose sur le comptoir de la cuisine. Mes pieds pendent sur le bord pendant qu'il déboucle sa ceinture et l'enlève.

Je presse mes lèvres l'une contre l'autre.

— C'était sexy.

Rien que de le regarder se déshabiller, mon corps s'embrase. Je veux le sentir, le goûter, le dévorer avant la fin de la nuit.

Weston déboutonne son pantalon et tire sur la fermeture éclair, quittant le tissu coûteux. Il le jette sur une chaise voisine.

— Mon Dieu, tu es si sexy, murmure-t-il en me plaquant contre le comptoir avec des baisers.

Il m'aide à me déshabiller, nos lèvres se fondent l'une dans l'autre et ne se séparent que quelques secondes, le temps que mon tee-shirt s'écrase sur le sol.

Les doigts de Weston se glissent dans les déchirures de mon jean, l'une d'entre elles se situant très haut sur mes cuisses, le laissant me toucher.

Son toucher est hypnotique. Je fixe ses lèvres, à bout de souffle, haletant ensemble sous l'effet de l'intensité écrasante qui se construit entre nous.

— Je n'ai jamais compris pourquoi les jeans déchirés étaient à la mode jusqu'à maintenant, grogne-t-il en caressant l'intérieur de ma cuisse, ses doigts effleurant ma culotte. L'accès est facile.

Un sourire malicieux traverse ses traits avant de capturer mes lèvres avec les siennes.

Nos langues se battent en duel et il me soulève du comptoir, m'emmenant dans sa chambre, avant de me poser sur son lit.

— Tu dois être nue, dit-il en détachant le bouton de mon jean.

Il ouvre la fermeture éclair du jean, sa paume effleure mon ventre. Son contact est léger comme une plume et sensuel, il fait vibrer tout mon corps.

— Hanches en l'air.

Je fais ce qu'il me dit, soulevant mes hanches pendant qu'il m'aide à faire glisser mon jean le long de mes jambes et à l'enlever complètement.

— C'est beaucoup mieux. Mais tu ne respectes toujours pas la règle.

— Ah bon ?

— Nue, dit-il.

Ses doigts dégagent le fermoir de mon soutien-gorge et font glisser les bretelles le long de mes bras. Je laisse le sous-vêtement tomber en tas sur le sol.

Mes doigts effleurent son ventre et taquinent la ceinture de son caleçon.

— C'est ton tour.

Weston ignore ma remarque, hausse un sourcil et ses lèvres s'approchent de mon sein.

— J'adore tes seins, dit-il en souriant avant de me sucer et de me palper la poitrine. Sa langue passe sur mon mamelon, me taquine et m'embrasse. Il souffle de l'air frais sur le monticule qu'il a embrassé, regardant mon téton durcir.

Je me tortille sous son contact, désireuse d'en faire plus avec lui.

— Ton caleçon, Wes.

Ses yeux scintillent et il couvre mes lèvres de sa bouche, y enfonçant sa langue, prenant ce qu'il veut, ou plutôt, ce dont il a besoin.

Comme un animal sauvage, un côté indompté est libéré et je ne sais pas si c'est quelque chose que j'ai dit ou s'il a autant envie de sexe que moi.

Ses doigts effleurent mes plis, découvrent que je suis lisse. Mais il ne me pénètre pas. Pas encore.

Il se rapproche, baisse son caleçon, me laissant voir chaque centimètre de sa bite, palpitante et attendant l'attention.

Je hausse un sourcil, curieuse de savoir depuis combien de temps il me désire.

Il n'a certainement pas agi comme tel. Il m'a plutôt bien caché ses désirs.

Mes doigts effleurent sa tige, désireux de l'exciter et de le satisfaire.

Je monte sur mes genoux, pousse doucement Weston sur le dos et me penche pour le prendre dans ma bouche.

Ses doigts s'emmêlent dans mes cheveux tandis que je fais glisser ma langue le long de sa tige. Il gémit et me tire en arrière.

— Pas comme ça.

— Ne me dis pas que tu es un romantique, dis-je avec un petit rire.

Il ne me semble pas être le genre de type à vouloir que notre première fois ensemble soit lente et sensuelle.

Il me fait taire par des baisers, me pousse sur le dos et m'écarte les jambes.

Et là, il s'enfonce dans mon corps, lentement, en me remplissant et en m'étirant. Il descend ses hanches, se balançant contre moi, faisant réagir mon corps avant qu'il ne soit prêt.

Mes doigts ratissent son dos et descendent jusqu'à ses hanches, voulant mémoriser chaque détail. Il est magnifique, féroce, et je n'arrive pas à comprendre comment nous en sommes arrivés là ce soir.

Il se penche, son regard se pose sur moi, ses yeux se plantent dans mon âme, nos existences ne font plus qu'une.

J'enroule mes jambes autour de lui, tirant Weston plus profondément, voulant l'amener au bord du gouffre avec moi cette fois.

Mon cœur bat la chamade, mes orteils se recroquevillent, et je m'accroche à Weston comme si ma vie en dépendait pour survivre alors que je jouis. Il est juste là avec moi, nous tombons tous les deux dans l'oubli.

La sueur recouvre mon front et il se détache en haletant. Ma peau est lisse et j'ai envie de me blottir contre lui, mais je suis aussi trop épuisée pour bouger.

Il sort du lit, jette le préservatif dans la poubelle de la salle de bains, éteint la lampe à côté du lit et s'effondre sur le matelas à côté de moi.

Dois-je retourner chez moi ? Je ne veux pas abuser de mon hospitalité. Il ne m'a pas vraiment invitée à passer la nuit chez lui.

Mes jambes refusent de bouger.

Weston passe un bras autour de ma taille et enfouit son visage dans mon cou.

— Dors, dit-il, lisant dans mes pensées.

Je fais ce qu'il dit, laissant le sommeil m'envahir. C'est le sommeil le plus paisible que j'ai eu depuis longtemps, enveloppée dans son étreinte.

Je me retourne et le lit à côté de moi est vide. La lumière du matin passe à travers les rideaux transparents, m'obligeant à me couvrir le visage avec ma main.

La douche coule.

Weston doit être en train de se préparer pour le travail. Je force mes yeux à s'ouvrir et l'horloge me rappelle que je dois m'habiller et être prête sous peu.

Je sors du lit, récupère mes vêtements, mes chaussures et me faufile hors de chez lui.

Qu'est-ce qui s'est passé hier soir ?

Je veux dire, je me souviens de ce qui s'est passé. Je n'étais pas si ivre que ça, mais j'ai couché avec mon patron, Weston Grump. Je me précipite sous la douche chez moi, je rince la nuit passée, je la laisse s'écouler dans les égouts et je me prépare à affronter une nouvelle journée.

Mais comment vais-je l'affronter ?

Je n'ai jamais eu de coup d'un soir. Et Weston est, eh bien, M. Grump. Il n'a jamais indiqué qu'il voulait plus de moi ou de quelqu'un d'autre.

Je mettrai ça sur le compte d'un excès de vin et j'éviterai toute discussion sur le sujet. Je n'imagine pas non plus qu'il ait envie d'en parler.

Après avoir pris ma douche, je m'habille d'une jupe rouge foncé qui m'arrive aux genoux et d'un chemisier noir dont l'ourlet est rouge également. J'attrape un tube de rouge à lèvres assorti et l'applique avant de sortir.

J'enfile les talons que je prévois de porter au mariage avec la tenue que je porte au travail. Un dernier coup d'œil dans le miroir et je souris, satisfaite.

Mon téléphone est complètement déchargé, alors j'attrape un câble de recharge. J'ai besoin de le brancher pendant que je suis au bureau aujourd'hui.

Je me dirige vers la porte, puis l'ascenseur, et je descends les escaliers. Weston n'est pas encore descendu et son chauffeur, Camden, non plus.

Je me déplace nerveusement sur mes talons. Suis-je trop habillée pour le bureau ? J'ai des palpitations dans l'estomac et je jette un coup d'œil à l'ascenseur qui descend dans le hall.

Il n'y a toujours aucun signe de Weston.

M'a-t-il envoyé un message pour me dire qu'il était en retard ? Je ne le saurai pas tant que je n'aurai pas branché mon téléphone portable et qu'il ne se sera pas suffisamment rechargé pour que je puisse lire les messages.

Je devrais probablement faire remplacer la batterie. Mon téléphone n'est pas si vieux, mais il passe à peine la journée avant d'avoir besoin d'être rechargé.

Toujours aucun signe de Weston ou de son chauffeur.

Est-il parti sans moi ce matin ? Je ne pensais pas être en retard, mais après avoir passé les vingt dernières minutes dans le hall d'entrée, je ne vais pas pouvoir arriver à l'heure au travail.

Je me précipite dehors dans l'air glacial de l'hiver et me dirige vers le métro. Le sol est glissant et porter des talons n'était pas dans mon intérêt.

Mes pieds sont engourdis, mes jambes gelées par la jupe courte. Je pensais que je serais blottie à l'arrière d'une voiture chauffée pour me rendre au travail.

Coucher avec Weston était apparemment une erreur.

Je grommelle et me précipite vers le métro, essayant d'attraper le train à temps.

Je n'y parviens pas. Le train passe en trombe avant même que je sois sur le quai.

— Merde ! grogné-je, et je ralentis.

Je n'ai pas besoin de me casser la cheville ou de tomber dans les escaliers. Je n'arriverai pas à l'heure au travail.

Finalement, j'entre dans le bureau, en retard. Le train suivant a été retardé et nous sommes restés sur les rails pendant un moment. C'est bien ma veine.

Je me dirige vers mon bureau et jette un coup d'œil vers celui de Weston. Il fait sombre. La porte est ouverte, mais il n'est pas à l'intérieur.

Je branche mon téléphone portable et attends qu'il se charge suffisamment pour que je puisse l'allumer. Il n'y a pas de message sur mon téléphone de bureau.

Je m'installe à mon bureau, consulte mes courriels professionnels et me mets au travail. Je sens que la journée va être longue et fastidieuse, surtout quand je tomberai sur Weston.

Où diable est-il, et pourquoi n'est-il pas au travail ?

Est-ce qu'il m'évite ?

Est-il allé directement à la DRH pour avouer ce que nous avons fait hier soir ?

CHAPITRE HUIT

WESTON

Je ne sais pas trop où nous en sommes, Elisa et moi, après ce qui s'est passé hier soir. Je l'ai laissée dormir quelques minutes de plus pendant que je me douchais et que je m'habillais pour aller travailler.

Mais lorsque je suis sorti de la douche, la serviette enroulée autour de la taille, elle avait disparu.

J'avais espéré qu'elle se glisserait dans la douche pour me dire au revoir.

C'était un vœu pieux et un peu fou, puisque je ne veux pas de petite amie. Je ne sais même pas ce que je veux d'Elisa.

Ne vous méprenez pas, la soirée d'hier était fantastique. J'aimerais qu'on la rejoue encore une fois sans la quantité massive de vin pour nous mettre dans l'ambiance. J'ai la tête un peu embrumée et une douleur sourde. Rien qu'un cachet d'aspirine ou deux ne puisse guérir.

Un bruit sourd se fait entendre de l'autre côté du couloir et je sors de la chambre pour voir ce qui s'est passé.

Elisa n'est nulle part en vue.

Les cris de douleur de Tyler irradient la maison, devenant de plus en plus forts et prononcés.

— Putain.

Je me précipite dans la chambre. Il est par terre. Je ne sais pas comment il est arrivé là. Il ne peut pas sortir du lit comme par magie. Si j'ai acheté ce lit de voiture de course, c'est pour m'assurer qu'il est en sécurité.

Ses cris sont de plus en plus forts et de plus en plus prononcés.

— Viens, on va t'examiner.

Je le soulève dans mes bras, les cris ne s'apaisent pas alors que je l'emmène dans ma chambre et que je l'installe sur le matelas.

— Papa ! hurle-t-il dès qu'il n'est plus dans mes bras.

Il est difficile de dire si la douleur est si forte ou si c'est la chute émotionnelle qui le blesse le plus.

Mais il n'est pas comme les autres enfants. Tyler est une bombe à retardement. Toute blessure, même légère, dans la plupart des cas, pourrait être dévastatrice pour lui.

J'enfile rapidement un jean et un t-shirt, je mets mes chaussures et je me dépêche de franchir la porte d'entrée. Je descends, soulagée que Camden m'attende déjà. S'il n'avait pas été pas là, j'aurais pris un taxi.

Camden me jette un coup d'œil mais ne dit rien sur ma tenue.

— Mountain Sinai Kravis Children's Hospital, dis-je.

J'ai besoin qu'il nous y emmène tout de suite.

— Vous êtes sûr de ne pas vouloir une ambulance ou un hélicoptère ? demande Camden.

Je fais ce que je peux pour ne pas effrayer Tyler le plus possible. La dernière fois que nous avons pris une ambulance, il y a environ six mois, il pleurait chaque fois qu'il en voyait une sur la route ou qu'il entendait les sirènes. Des sanglots hystériques et inconsolables.

C'est déchirant de le regarder et de ne rien pouvoir faire pour l'aider.

Je berce Tyler sur la banquette arrière, en le gardant contre ma poitrine.

— C'est bon, mon pote, on va s'assurer que tout va bien.

Ma voix craque et je ne peux m'empêcher de craindre qu'il soit comme Wren, fragile. Une bosse dans la cour de récréation pourrait lui être fatale.

Camden se gare devant les urgences et je me précipite sur Tyler pour le porter jusqu'aux admissions.

— Mon fils est atteint du syndrome d'Ehlers-Danlos vasculaire. Il est tombé et j'ai besoin de quelqu'un pour l'examiner.

Tyler et moi passons prioritaires et il est placé sur un brancard et examiné pendant que je leur donne tous ses antécédents médicaux.

On lui fait passer un certain nombre de tests et d'examens d'imagerie médicale pour s'assurer que la chute n'a rien de fatal.

Le médecin nous parle et m'assure qu'il va bien. Il aura probablement   d'importantes   contusions,   mais heureusement, il n'y a pas eu de rupture interne ou de déchirure.

Le soulagement m'envahit et mes yeux pleurent, mais je ravale mon émotion. Nous avons eu de la chance cette fois-ci. La prochaine fois, ce ne sera peut-être pas le cas.

Merde. J'ai laissé mon téléphone dans la voiture. Je porte Tyler, qui est un poids mort et qui dort profondément après les nombreux tests, vers la sortie.

Camden est assis dans la salle d'attente et navigue sur son téléphone. Il lève les yeux, une expression de soulagement inondant ses traits. Je ressens exactement la même chose.

— Laissez-moi remonter la voiture, dit Camden.

Il se précipite hors de la salle d'attente et je me dirige vers la sortie. J'attends de l'autre côté des doubles portes, là où il fait chaud et où l'hiver n'agresse personne.

En quelques minutes, Camden s'approche avec la voiture. Il ne fait pas aussi chaud que d'habitude, mais il a attendu, ce qui est un soulagement, car je n'ai pas mon téléphone.

— Où va-t-on, patron ? demande-t-il. Au bureau ?

— Non, ramenez-nous à la maison.

Je ne me donne pas la peine d'aller au bureau. Je ne suis pas habillé pour ça et Tyler est mon principal objectif. Il est ma priorité. Il a toujours été question de le garder en sécurité. C'est pourquoi j'ai engagé une nounou qui connaissait parfaitement son état et qui avait une formation médicale d'infirmière praticienne.

Je consulte mon téléphone ; il n'y a pas de messages. Je n'ai pas de nouvelles d'Elisa. Je ne sais pas trop ce que j'attendais de la nuit dernière.

Je n'avais certainement pas prévu de coucher avec elle. J'attrape mon téléphone pour lui envoyer un texto, mais je ne suis pas sûr de ce que je vais dire. *Hier soir, c'était sympa ? Tu veux qu'on recommence un jour ?*

La vérité, c'est que je dois me concentrer sur Tyler.

Elisa est une distraction. Une belle distraction, mais je ne peux pas penser à elle. Elle travaille pour moi, et je n'ai pas besoin que les RH me disent que j'ai dépassé les bornes et que c'est un procès en attente.

Je ne pense pas qu'Elisa en veuille à mon argent, mais elle sait que je suis riche.

Je passe le reste de la journée à me détendre sur le canapé avec Tyler, à regarder des dessins animés et des films pour enfants qu'il adore regarder en boucle.

On frappe à la porte.

— Reste ici, dis-je en embrassant mon fils sur la joue et en me déplaçant du canapé vers la porte d'entrée.

Je jette un coup d'œil à travers le judas.

Elisa Emerson.

J'ouvre la porte, sans vraiment l'inviter à entrer.

— Tu as oublié quelque chose ? lui demandé-je en jetant un coup d'œil autour de moi.

Je n'ai rien trouvé qui lui appartienne, mais je n'ai pas cherché non plus.

Sa bouche se ferme et elle secoue la tête.

— Tu n'étais pas au travail aujourd'hui. Tu as manqué une réunion importante avec la société de production. Ils sont venus pour finaliser le projet Brooke.

— J'étais occupé.

Je ne développe pas. Je me tiens debout, une main sur la porte et l'autre sur le mur, gardant mes distances avec elle.

— J'ai eu un imprévu.

— Je vois, dit-elle, et ses sourcils se pincent. Ce n'est pas à cause de ce qui s'est passé hier soir entre nous, n'est-ce pas ? Si c'est moi le problème, Weston, je démissionne. Je te l'ai dit dès le premier jour.

J'expire un rire guttural.

— Je ne te demande pas de démissionner. Tu fais un excellent travail au service des acquisitions et en tant qu'assistante.

— Mais ? demande-t-elle, attendant que je développe.

Mon téléphone portable sonne, et je jure que je ne sais pas qui c'est, mais même si c'est un télémarketeur, je serai ravie de lui parler tout de suite.

— Mais rien. Je dois prendre cet appel, dis-je, et j'attrape mon téléphone sur le comptoir.

— Tu seras au travail demain ? demande Elisa. Le personnel s'est demandé pourquoi tu n'es pas venu alors que tu avais des réunions prévues toute la journée.

— J'ai eu une urgence.

Je ferme la porte et je réponds à l'appelant.

— Qu'est-ce qu'il y a ? aboyé-je.

— Moi aussi, je suis content de te parler, dit Logan.

Je me frotte le front.

— Putain, désolé.

— C'est un mauvais moment ? Je peux rappeler ? demande Logan.

J'ai l'impression qu'il n'y a jamais de bon moment.

— Non, c'est bon.

Je ferme la porte d'entrée et m'assois sur le fauteuil inclinable en face de Tyler. Il est captivé par ses dessins animés, ce qui me laisse quelques minutes pour m'épancher sur l'un de mes amis les plus proches, Logan Henderson.

— Julianna et moi venons pour le mariage de Levi, dit Logan. Et il se peut que je vienne avec un rendez-vous galant.

Sa fille, Julianna, a quinze ans, presque seize. Je me souviens encore du jour où elle est née. Quand diable suis-je devenu si vieux ?

— Quoi ?

Je ris et couvre ma bouche avec ma main.

— Tu as un rendez-vous ? Bon sang, est-ce que je suis le seul d'entre nous qui va rester à la table des célibataires ?

— On dirait que ta vie amoureuse est nulle, plaisante Logan. C'est drôle, puisque tu as toujours une fille à ton bras partout où nous allons.

— J'aime bien jouer sur plusieurs tableaux, dis-je en haussant les épaules.

Je passe plus de temps à me concentrer sur Tyler que sur n'importe qui d'autre. Comment suis-je censée trouver le temps d'avoir une relation ?

— Tant que ça te rend heureux, dit Logan. Quoi qu'il en soit, j'ai rencontré cette rockstar de fille. C'est une vlogueuse et elle s'appelle Cali.

Je ne peux pas m'empêcher de rire.

— Elle a quoi, dix-sept ans ?

— Elle est majeure, crétin, me lance Logan. Vingt-neuf ans, mais l'âge n'est qu'un chiffre.

— Bon sang, tant mieux pour toi.

Je siffle en pensant au fait qu'il sort avec une fille de quatorze ans de moins que lui.

— Petit veinard.

Logan rit.

— La fille est tout sauf chanceuse. Mais elle est mignonne et insolente. Oh mon dieu, la bouche qu'elle

a. Mais bon, on va louer une chambre au Luxenberg pour le mariage. On devrait rattraper le temps perdu, prendre un verre pendant que je suis en ville.

— Ça m'a l'air d'être une bonne idée, dis-je en poussant un énorme soupir.

— Qu'est-ce qu'il y a ?

Logan et moi avons servi ensemble dans l'armée. Le type sait comment lire en moi, ce qui est parfois bon et d'autres fois très inquiétant.

— J'ai juste besoin de trouver quelqu'un qui puisse s'occuper de Tyler. Je ne peux pas vraiment emmener un enfant de trois ans au bar et la nounou n'est, euh, pas une possibilité.

— Elle t'a laissé tomber ? demande Logan en riant.

— Non, elle est morte, connard.

— Désolé, s'excuse Logan. Elle n'était pas super vieille ?

— Non, elle avait la soixantaine.

Il y a un silence qui suit.

— Je pourrais demander à Julianna de garder Tyler pendant qu'on sort.

J'inspire longuement et lentement.

— Je ne sais pas. J'apprécie l'offre, mais Tyler est spécial. Tu sais ?

— À moins que tu n'aies l'intention d'envelopper cet enfant dans du papier bulle, tu dois accepter qu'il y a des choses que tu ne peux pas contrôler. Il doit grandir et vivre sa vie. Pas avoir un parent collant qui le poursuit comme son ombre.

Je me pince l'arête du nez.

— Je n'ai pas besoin que tu me fasses la morale, dis-je.

Il ne sait pas ce que c'est que d'élever un enfant qui pourrait mourir. Et qui, à un moment donné, mourra, probablement avant moi. L'espérance de vie est d'environ quarante ans, ce qui semble loin, mais Wren est morte dans sa vingtaine, et elle a lutté pendant toute son enfance contre des complications et des problèmes de santé.

— Je comprends, tu traverses une épreuve qu'aucun d'entre nous n'a jamais eu à affronter, dit Logan avec empathie. Nous te félicitons d'avoir pris les devants et d'être là pour Tyler. Mais il a besoin d'espace pour grandir, à la fois émotionnellement et physiquement. Ne l'étouffe pas jusqu'à la mort.

Je ne fais même pas semblant de sourire.

— Ce n'est pas drôle.

— Tu veux que je demande à Julianna de faire du baby-sitting ou pas ? plaisante Logan.

— Ouais, tu peux aussi bien lui en parler. Et sinon, parle-moi de ta cavalière ? Qui est la fille malchanceuse qui s'est retrouvée coincée avec toi ?

— Elle s'appelle Cali, dit encore Logan. Et nous nous sommes rencontrés lorsqu'elle est venue dans mon établissement pour faire une critique de l'endroit.

Ma mâchoire se décroche alors que je me souviens de la critique cinglante qui avait fait le tour des médias sociaux à propos de Blue Sky Resort.

— Tu sors avec cette traîtresse ?

— Eh bien, sa patronne est celle qui a changé la critique et a essayé de détruire l'endroit.

— Wow, vicieux.

Je n'arrive pas à croire qu'il ait fini par sortir avec cette fille après tout ce drame.

— Cali est en fait très gentille. Tu vas l'aimer.

— Alors, qui s'occupe de la station pendant que tu es à New York pour le mariage ? demandé-je.

— Wyatt.

— Ton frère ?

Je me couvre le visage avec ma main, en essayant de ne pas rire.

— Il a enfin compris qu'il ne peut pas coucher avec toutes les invitées ?

Wyatt et moi avons pas mal de points communs. Ni l'un ni l'autre n'avons envie de nous poser et de fonder une famille.

— Je le lui ai déjà dit, à plusieurs reprises.

Logan s'esclaffe.

— Loin de lui l'idée de m'écouter, mais au moins il reste loin de Cali.

Nous échangeons quelques anecdotes avant de raccrocher, et je m'attelle à la préparation du dîner.

Il ne veut plus dormir dans son lit après les débordements d'aujourd'hui.

Je l'installe dans mon lit, entouré d'oreillers, et j'en ajoute d'autres sur le sol. Ce n'est pas un enfant qui roule habituellement hors du lit, il ne l'a pas fait depuis plus d'un an, alors je ne sais pas trop ce qui se passe.

A-t-il essayé de se lever de son lit et a-t-il trébuché ? Nous avons tous été désorientés un jour ou l'autre au réveil. Mais la plupart d'entre nous n'avons pas à craindre que cela nous tue.

Une fois Tyler endormi, je m'installe sur le canapé et regarde les chaînes. Il n'y a pas grand-chose à la télé, rien de nouveau à regarder.

Mon téléphone sonne à nouveau, m'informant d'un nouveau message.

Je l'attrape sur la table basse et ouvre l'application de rencontres. J'ai deux nouveaux messages, tous deux de Sunny in Paris.

Sunny in Paris : Est-ce que tous les hommes sont des salauds ?

Je rejette la tête en arrière et ferme les yeux.

Putain, j'ai merdé avec Elisa. Royalement. Je ne sais pas trop à quoi je m'attendais ou ce que j'espérais, surtout quand elle est venue à ma porte.

Mais ce texte à Steamy Single Dad n'est pas ce que j'attendais. Elle m'en veut et elle n'a pas tort. Je l'ai laissée tomber. J'ai eu une journée de merde et je ne voulais pas en parler avec elle.

Elle m'a envoyé un deuxième message et je le fais défiler.

Sunny in Paris : Une photo ou rien. Je te bloque si tu n'envoies pas une photo de toi.

Oui, ça ne va pas aider. Je ne peux pas lui faire savoir que c'est moi, et si je prends une photo au hasard sur Internet, elle peut facilement faire une recherche d'image inversée. Je ne veux pas être ce genre de mec.

Alors, je fais ce qu'il y a de mieux. J'ouvre mon téléphone, je fais défiler mes photos jusqu'à ce que je trouve celle de mon pote, Logan. Je vais me faire passer pour lui. Au moins pour la photo. Le reste, c'est moi.

Et personne n'a besoin de le savoir.

Je télécharge la photo de lui dehors, près du feu de camp. Je suis aussi sur la photo, mais je me recadre et je la lui envoie.

Steamy Single Dad : Tous les hommes ne sont pas des salauds.

Je clique sur son profil et regarde ses photos. Pourquoi diable suis-je accroché à elle ? Une notification s'affiche pour m'indiquer qu'elle est en ligne. Elle est probablement en train de lire le message que j'ai envoyé et de regarder la photo en ce moment même.

Les chances qu'elle connaisse Logan sont minces. Il vivait à New York, mais il est dans le Montana depuis un moment, en train de s'installer dans le nouveau centre de villégiature dans lequel il a investi. Bien qu'il soit également milliardaire, il n'est pas médiatisé. Il a bien fait de garder la majeure partie de sa vie privée sous le radar.

Breckenridge, Montana. Je n'arrive toujours pas à croire qu'il s'y sente chez lui, après avoir vécu à New York.

Certains jours, j'envisage de faire quelque chose de similaire. Tout laisser derrière moi et m'installer à la plage, pour profiter de tout ce que la vie a à offrir. Mais je crains de m'ennuyer si je prends une retraite anticipée. En outre, il y a trop de gens qui comptent sur Blazing Media. Ils ont un travail et une vie, et je ne peux pas m'en aller comme ça, parce que j'en ai envie. Ce serait égoïste.

Une notification s'affiche pour m'indiquer que j'ai un nouveau message. Je double-clique dessus.

Sunny in Paris : Très mignon, mais c'est vraiment toi ? Envoie une autre photo.

J'esquisse un sourire. Elle est intelligente. Je feuillette encore quelques photos et tombe sur une autre avec Logan. Je dois découper sa fille adolescente assise à côté de lui et zoomer pour en faire un portrait.

Steamy Single Dad : Des problèmes de confiance ? J'envoie maintenant.

Je clique sur Envoyer et je joins l'image de Logan. Je me sens sale, et même si je sais que c'est mal, j'ai envie de discuter avec Elisa, d'apprendre à la connaître vraiment. Et je ne peux pas le faire avec nos deux murs dressés. Le fait d'être son patron est un peu un obstacle.

Sunny in Paris : Wow. D'accord, deux pour deux. Tu en as une troisième ?

Je joins une autre photo de Logan, celle-ci le montre en train de faire du snowboard sur les pistes. Il porte un casque et un équipement, donc on ne peut pas dire que c'est lui, mais c'est une troisième photo que j'ai à portée de main.

Steamy Single Dad : J'ai prouvé qui j'étais. Maintenant, c'est à toi, Sunny in Paris.

Je clique sur Envoyer, avec la photo, et j'attends sa réponse. Je m'allonge sur le canapé pour me mettre à l'aise. Pendant que j'attends sa réponse dans l'application, j'ouvre mes textos et j'envoie un message à Elisa.

Weston : J'espère vraiment que tu ne démissionneras pas. Je suis désolé pour ce matin, j'ai eu une urgence et j'ai oublié mon téléphone.

Elisa : Une urgence ? Qu'est-ce qui s'est passé ?

Je ne veux pas entrer dans les détails avec elle à propos de Tyler.

Weston : Tout va bien.

Elisa : Tout ne va pas bien. Il faut qu'on parle.

Je gémis. Il n'y a jamais rien de bon dans l'expression "Il faut qu'on parle".

Mon téléphone sonne avec un autre message.

Elisa : Je peux passer ?

Je tapote mes doigts sur mes cuisses, me demandant s'il est sage de la laisser revenir chez moi. L'inviter est ce qui a compliqué les choses entre nous.

Weston : Oui, je vais ouvrir la porte, mais Tyler est endormi, alors il faut rester discret.

Je me lève et j'ouvre la porte, permettant à Elisa d'entrer lorsqu'elle sera prête à me rejoindre.

Elle ne me répond pas par texto. Deux minutes plus tard, elle ouvre tranquillement la porte de l'appartement et entre.

Elisa jette un coup d'œil autour de la maison. Je ne sais pas trop ce qu'elle cherche. Je lui ai déjà dit que Tyler dormait.

— Je peux entrer ?

— Bien sûr, assieds-toi.

Je fais un geste vers le canapé et m'enfonce dans les coussins à côté d'elle. Je pourrais m'asseoir sur le fauteuil inclinable, seul, mais je préfère être près d'elle. Je ne peux pas l'expliquer, mais en présence d'Elisa, je me sens plus calme et plus détendu.

— À propos d'hier soir, dit Elisa en posant ses mains sur ses genoux. C'était un événement unique. Cela ne peut plus se reproduire.

Son visage est stoïque, et je hoche lentement la tête.

— Si c'est ce que tu veux, dis-je, sans lui dire ce que je ressens à propos de la nuit dernière.

— Tu es mon patron. On a trop bu et on a laissé tomber nos inhibitions. Cela arrive. C'est la faute de l'alcool, dit Elisa.

Elle se lève et croise les bras sur sa poitrine.

— Je ne suis pas fâchée. Je veux dire, je l'étais quand tu n'es pas venu au bureau et que j'ai cru que tu m'évitais. Mais je comprends. Tu as eu une urgence.

Elle hausse les épaules comme si elle essayait d'être cool par rapport au fait que je l'ai laissée tomber.

— Tu veux rester, regarder un film ou autre chose ? lui proposé-je.

— En tant qu'amis ?

Elle hausse un sourcil, comme si elle voulait s'assurer que cette proposition n'allait pas déboucher sur autre chose. Est-ce que ce serait la fin du monde si c'était le cas ?

— Parce que je ne peux pas coucher avec mon patron.

— J'ai compris. Tu veux rester pour un film ou pas ?

Elle se pince les lèvres, réfléchissant à la question.

— Tu as du pop-corn ?

Nous regardons un film pour filles qu'elle a choisi et je commence à me demander pourquoi j'ai accepté. Ce n'est pas comme si j'avais l'avantage de coucher avec elle à la fin de la nuit, en me soumettant à une comédie romantique qui est bien trop flirteuse et bien trop irréaliste. L'amour n'est pas si doux. Ce serait quatre-vingt-dix minutes de torture si je n'avais pas le luxe de jeter un coup d'œil à Elisa de temps en temps.

Son rire.

Son sourire.

La façon dont elle tire la langue et l'effleure au coin de ses lèvres.

Quand diable suis-je devenu si amoureux d'une fille ?

Une fois le film terminé, j'éteins la télévision et je jette les grains de pop-corn vides du bol dans la poubelle.

— Camden nous conduira au travail dans la matinée. Ne sois pas en retard.

— Je n'étais pas en retard ce matin, dit Elisa.

Elle traverse le hall, retourne chez elle, et je ferme l'appartement à clé.

Sa compagnie me manque déjà. C'était agréable d'avoir un adulte avec qui converser, quelqu'un qui ne parle pas que de son personnage de dessin animé préféré.

Je ferme la porte pour la nuit, j'éteins les lumières et je me dirige vers ma chambre.

C'est une notification de Sunny in Paris.

J'ouvre l'application de rencontre et je lis son dernier message.

Sunny in Paris : Tu es mignon, mais pourquoi es-tu toujours célibataire ? Qu'est-ce qu'il y a ?

Je clique sur répondre et commence à taper mon message.

Steamy Single Dad : Il n'y a pas de piège. J'ai un fils. Cela ne me laisse pas beaucoup de temps pour rencontrer des femmes.

Je pose mon téléphone sur la commode et soulève Tyler dans mes bras, le ramenant dans sa chambre et le mettant au lit.

S'il panique encore demain par rapport au lit, je le donnerai et lui achèterai un nouveau cadre ou mettrai le matelas par terre.

En fermant la porte de sa chambre, je retourne dans la mienne et j'y trouve déjà un message de Sunny in Paris.

Sunny in Paris : Je peux comprendre. On ne peut pas amener un enfant dans un bar. Quel âge a-t-il ?

Elle pose beaucoup de questions mais ne m'a pas vraiment donné d'informations sur elle. J'enlève mon jean et je me glisse sous les couvertures, lui envoyant des messages.

Steamy Single Dad : Il est jeune, moins de cinq ans.

Je ne veux pas en dire trop ou qu'elle soupçonne que je suis l'homme avec qui elle converse, mais je pense qu'à ce stade, elle n'en a pas la moindre idée.

Je poursuis mon message.

Steamy Single Dad : Tu ne m'as toujours pas dit pourquoi tu es toujours célibataire. Une belle femme comme toi, je suis sûr qu'on t'invite à sortir tout le temps.

J'éteins la lampe de chevet mais je continue à regarder l'écran. Elle est en ligne, alors j'attends qu'elle me réponde. En quelques minutes, il y a un ping.

Sunny in Paris : Je ne suis pas toujours très douée pour choisir les meilleurs hommes.

Je grimace. Est-ce qu'elle parle de moi ?

Steamy Single Dad : Élabore.

J'attends qu'elle réponde.

Sunny in Paris : Je suis sortie avec mon patron.

Là, ça devient juteux. Je me redresse et j'attrape quelques oreillers pour me soutenir.

Steamy Single Dad : Et il est sexy ?

Sunny in Paris : Ce n'est pas la question. C'est mon patron.

Eh bien, nous avons fait plus que sortir ensemble, à moins qu'elle ne fasse référence à la première fois que nous nous sommes rencontrés et je ne pense pas que ce soit le cas. C'est de l'histoire ancienne après ce qui s'est passé hier soir entre nous.

Steamy Single Dad : Eh bien, je veux dire... Ce n'est probablement pas grave à moins que tu n'aies couché avec lui.

Je n'arrive pas à croire que j'ai envoyé ce message, mais je m'amuse beaucoup trop. C'est comme si j'étais l'une de ses copines et que j'obtenais des informations sur la nuit qu'elle a passée chez un mec.

Sunny in Paris : Je ne fais pas ça d'habitude. Et je n'arrive pas à croire que je te dise cela parce que je ne le ferai plus JAMAIS. Je ne suis pas une fille d'un soir. Je ne l'ai jamais été et je ne le serai plus jamais. Tout simplement. Non. Donc, si tu espères que je serai juste une partenaire parmi d'autres, tu peux discuter avec quelqu'un d'autre.

Au moins, elle fait valoir son point de vue haut et fort.

Steamy Single Dad : Je ne suis pas intéressé par ce genre de relation, Sunny in Paris.

Elle met quelques minutes à répondre et je commence à me demander si elle ne s'est pas endormie. Il se fait tard. Mon téléphone sonne, m'avertissant qu'elle a répondu.

Sunny in Paris : Bien, parce que la plupart des hommes se désintéressent de nous après le troisième date si le sexe n'est pas au rendez-vous.

Wow, donc elle aime vraiment faire les choses lentement. Je l'en félicite. Bien que ce ne soit pas quelque chose que j'ai l'habitude de faire, je n'ai aucun problème avec la façon dont les autres vivent leur vie.

Steamy Single Dad : Je ne suis pas comme la plupart des hommes.

Oui, parce que j'ai généralement de la chance le premier soir. Mais je m'abstiens de lui en parler.

Sunny in Paris : Es-tu prêt à prendre un café ?

Je pousse un gros soupir. Je n'ai pas bien réfléchi. Bien sûr qu'elle voudrait me rencontrer ou discuter au téléphone. Peut-être même un appel vidéo pour s'assurer que je suis bien celui que je prétends être. C'est parti pour un tour de passe-passe.

Quand je ne réponds pas assez vite, elle me relance.

Sunny in Paris : Je préfère rencontrer la personne avec laquelle je discute en ligne dès le début, pour m'assurer qu'elle est bien ce qu'elle dit et qu'il y a de l'alchimie. J'ai eu trop de mauvais rendez-vous et j'aimerais te rencontrer.

Nous avons tous les deux eu une série de mauvais rendez-vous, le plus récent étant celui que nous avons eu l'un avec l'autre. Du moins le mien, et je suppose que son dernier rendez-vous était avec moi. Mais qui sait ? Si elle m'envoie des messages sur l'application, avec combien d'autres gars parle-t-elle ?

En fait, je n'avais supprimé aucun nouveau message lorsque je l'ai taquinée ce jour-là au bureau, en lui volant son téléphone. J'essayais de flirter avec elle.

Je ne réponds pas à son message. Je la laisse en suspens, je me déconnecte de l'application, je branche mon téléphone et je me retourne pour aller me coucher.

Mais mes rêves sont remplis d'Elisa, de ses courbes féminines, de ses yeux brillants et de son sourire malicieux. Et ce ne sont pas des rêves innocents. Je mords sa peau, je la mords et laisse des marques, je la dévore tandis qu'elle crie mon nom encore et encore.

Je me réveille en sueur. Pas une fois. Pas deux fois. Mais quatre fois. Je jure que la version rêvée d'Elisa va me tuer.

Au petit matin, je me douche sous un jet de vapeur, laissant mes pensées sales et vives d'elle suçant ma bite m'alimenter pendant que je caresse ma hampe.

Je ne pense qu'à elle, à l'envie, alors que je me laisse enfin aller.

Merde.

C'était déjà assez difficile de la voir entrer dans ma tête avant que nous fassions l'amour. Mais maintenant que je l'ai eu dans mon lit, elle est constamment dans mon esprit. Je ne pense qu'à elle.

Elle est comme une addiction et j'ai envie de ma prochaine dose.

Je finis de me doucher au moment où le soleil commence à se lever. Je m'habille et prépare un café pendant que je réveille Tyler et que je le mets en pyjama pour qu'il soit prêt à venir au travail avec moi.

Il n'a pas pu aller à l'école maternelle hier parce qu'il était à l'hôpital pour passer des tests. Non pas que j'aurais pu le déposer et le récupérer. J'aurais pu demander à Camden de se charger de conduire Tyler, mais il ne devrait pas être responsable de mon fils. C'est pour cela que Martha était là, pour m'aider avec mon enfant.

Je devrais engager une nouvelle nounou, quelqu'un qui donnerait toute son attention à Tyler au lieu de me concentrer sur la création d'une garderie dans l'immeuble. Je pourrais faire les deux, mais je n'ai pas le temps.

Lorsque mon père était en vie et que je travaillais à domicile, je faisais de longues journées et des nuits tardives. J'ai juré que je ne ferais plus cela après son décès, que je fixerais des limites et un horaire de travail sain. Mais il est difficile de tout faire avant la fin de la journée.

Et ajouter des responsabilités supplémentaires, comme trouver une nouvelle nounou pour Tyler ou créer une garderie dans l'immeuble, ne sont pas de petits projets à mener à bien. C'est comme si j'ajoutais une autre montagne de travail alors que j'ai déjà l'Everest à escalader.

Tyler et moi descendons et Elisa nous attend dans le hall d'entrée.

— Bonjour, dit-elle lorsque nous nous approchons.

Camden attend déjà, et nous sortons dans le froid comme il y a quelques jours, comme si rien ne s'était passé entre nous.

Je suis reconnaissant d'avoir la chance de repartir à zéro avec Elisa. Même si elle ne me considère pas comme quelqu'un qui mérite d'être fréquenté, je ne veux pas qu'elle se souvienne de moi comme l'homme avec qui elle est tombée dans le lit alors qu'elle était ivre.

Je ne veux pas être son plus grand regret.

Nous nous rendons au bureau et j'installe Tyler sur le canapé pour qu'il joue avec ses figurines. Il n'est pas particulièrement silencieux, mais je peux supporter son niveau de bruit. Au moins, il s'amuse et ne semble pas s'inquiéter d'être coincé avec moi toute la journée.

— Monsieur, dit Elisa en frappant à la porte ouverte de mon bureau.

Je suis au téléphone avec l'un de nos avocats. Quelqu'un d'autre essaie de nous voler le scénario d'un film pour le produire avant qu'il ne soit lancé.

Je lui fais signe d'entrer.

Elisa s'assoit en face de moi pendant que je discute avec Gary, notre avocat spécialisé dans les médias. J'essaie de faire attention à ce que je dis, car mon fils est dans le bureau. Et même s'il n'a pas l'air d'être très attentif, ce gamin est une véritable éponge à cet âge.

Je raccroche enfin, en claquant le téléphone.

— C'est le mauvais moment pour te demander si tu veux quelque chose pour le déjeuner ? plaisante Elisa.

Je jette un coup d'œil à ma montre. Je n'avais pas réalisé qu'il était presque treize heures. J'ai fait tout ce que j'ai pu, et même si j'ai une équipe formidable qui m'aide, nous manquons de personnel, car plusieurs d'entre eux ont démissionné il y a quelques semaines lorsque j'ai pris la relève.

— J'ai besoin d'une pause, dis-je, et je me lève en m'étirant. Tyler, tu veux sortir déjeuner ?

— Oui, papa !

Il pousse un cri et laisse tomber ses figurines de dinosaures sur le sol. Il saute du canapé et je grimace, terrifié à l'idée que mon fils tombe et se blesse.

— Tyler !

Je ne peux m'empêcher de le gronder.

— Tu dois faire attention.

Il a du mal à comprendre ce qui peut se passer en cas de traumatisme corporel. À trois ans, il ne comprend pas qu'une simple bosse sur le terrain de jeu peut lui être fatale.

— Il va bien, dit Elisa, et Tyler lui prend la main.

Elle me regarde comme si j'avais perdu la tête. Elle n'a aucune idée de ce que nous avons traversé en tant que famille.

— Il ne va pas bien. S'il tombe ou se heurte à quelque chose d'agressif, il risque de se rompre les organes internes.

— Qu'est-ce que tu racontes ? demande Elisa en jetant un coup d'œil à Tyler.

Elle lui adresse un sourire chaleureux et amical.

— Prends ton dinosaure en peluche. Je vais parler à ton papa dans le couloir.

Elle m'attrape par le bras, me tirant pratiquement hors de mon bureau.

— Qu'est-ce que tu racontes, Wes ?

J'expire en tremblant.

— Tyler a un SDE vasculaire, comme sa mère.

— Je ne sais pas ce que c'est, dit Elisa en secouant la tête, attendant que je développe.

— Il a une déficience en collagène qui lui fait courir le risque d'une rupture de ses organes internes et de ses artères.

— Je n'ai jamais...

Elle s'arrête, essayant de parler.

— Je ne savais pas, je suis désolée. Je suis sûre que tu essayes juste de le protéger. Je n'avais pas réalisé qu'il... Qu'il allait mourir ?

J'expire un grand coup.

— J'ai l'intention de le protéger aussi longtemps que possible, mais l'espérance de vie est de quarante ans. Or, ma sœur a à peine atteint la vingtaine. Wren avait constamment des problèmes de santé liés à son diagnostic. Elle a subi de nombreuses opérations et complications tout au long de son enfance et de son adolescence.

— C'est terrible, je suis désolée. Je n'en avais aucune idée.

La façon dont elle me regarde.

— Je ne veux pas de ta pitié. Tu as demandé et j'ai pensé que je devais expliquer pourquoi je suis énergique quand il s'agit de sa sécurité. C'est pourquoi il était si important pour moi d'avoir une nounou qui connaissait son état.

Elisa ouvre la bouche.

— Tu m'as laissé le surveiller. Je n'avais aucune idée...

Sa voix s'interrompt.

— C'était tard dans la nuit. Je n'étais pas inquiet que tu l'emmènes au terrain de jeu ou que tu pratiques un sport dangereux. Bien qu'il ne comprenne pas entièrement le trouble, il sait qu'il n'a pas le droit de sauter sur les lits ou sur les meubles.

— Papa, j'ai faim, dit Tyler en sortant de mon bureau avec son dinosaure bleu.

Ce jouet est son préféré, probablement parce qu'il lui vient de sa mère. Nous avons décoré la chambre d'enfant chez moi sur le thème des dinosaures. J'avais prévu qu'ils vivraient tous les deux avec moi, mais je ne m'attendais pas à ce que Wren ne soit pas là.

— Rejoins-nous pour le déjeuner, dis-je à Elisa, en prenant Tyler et en le portant jusqu'à l'ascenseur.

Il passe un bras autour de mon cou, m'écrasant la poitrine avec son ami en peluche.

— Tu es sûr ?

— Je n'aurais pas demandé si je ne le pensais pas.

CHAPITRE NEUF

Elisa

La voix grincheuse de Weston résonne encore dans ma tête, criant après Tyler pour avoir sauté du canapé. En regardant l'enfant, il est impossible de dire qu'il est aux prises avec un quelconque problème de santé.

Je passe un peu de temps à chercher sur Google le syndrome d'Ehlers-Danlos vasculaire. C'est génétique. Il est presque toujours fatal. Mais il ne semble pas qu'il soit très fréquent qu'il ait un effet préjudiciable sur un jeune enfant.

Il y a un certain nombre d'adolescents non diagnostiqués qui sont morts de cette maladie et je peux comprendre l'inquiétude de Weston, mais je ne suis pas sûre que cette crainte ne soit pas motivée par autre chose. Comme ce qui est arrivé à sa sœur.

J'ai envie d'en parler avec lui, mais je ne veux pas insister, et il ne faut surtout pas que ce soit pendant que nous sommes au bureau.

Nigel dépose ma robe chez moi et elle est taillée à la perfection.

Le mariage a lieu samedi et j'ai hâte de passer une soirée entre filles avec Clare et ses amies, pour célébrer sa dernière nuit de liberté.

L'enterrement de vie de jeune fille.

J'accroche la robe du mariage dans le placard et j'enfile une robe en soie vert foncé. Elle ressemble presque à une robe de chambre, mais elle est sexy à souhait. Et je veux sortir et me faire remarquer.

Je glisse mon téléphone dans mon sac et je rejoins les filles au club. Je n'ai pas eu de nouvelles de Steamy Single Dad. J'ai l'impression qu'il me laisse tomber. S'il ne veut pas venir prendre un café avec moi, pourquoi m'envoyer un message ? À moins qu'il ne soit pas le beau gosse des photos qu'il a envoyées.

Les hommes sont réputés pour être sournois, en particulier sur les applications de rencontre. Ou pire, c'est un adolescent qui se fait passer pour un adulte. Beurk, qui fait ça et prétend être un père célibataire ?

Je n'ai pas cherché d'autres rendez-vous sur l'application, car Steamy Single Dad semble avoir quitté notre chat, et je me demande ce qui a bien pu se passer.

Est-il marié ?

Fiancé ?

Je me dirige vers le club, en m'assurant d'avoir quelques minutes de retard pour ne pas être la première à arriver. Clare est déjà là avec quelques filles. Je suis surprise de voir Sloane, je suppose qu'elle a été invitée lorsque nous sommes sorties ensemble il y a quelques semaines et que nous nous sommes toutes rencontrées.

Les hommes ici sont séduisants, agréables à regarder et j'ai du mal à rester assise. Ils sont quatre sur scène et mes joues brûlent lorsque mes yeux parcourent leurs corps.

Après quelques verres, Clare lance :

— J'ai une idée géniale. Et si on allait au club de strip-tease en bas de la rue et qu'on surprenait les garçons ?

— C'est une mauvaise idée, murmuré-je. Tu veux voir ton fiancé regarder d'autres femmes à moitié nues ?

— Bien sûr, je vais m'asseoir sur ses genoux et lui donner une danse pendant qu'il regarde une autre fille sur un poteau, dit Clare avec effronterie.

Nous payons notre addition et parcourons les quelques pâtés de maisons qui nous séparent du club où se trouvent les garçons. Il fait froid dehors et mes pieds sont engourdis par les talons que je porte par ces températures glaciales, mais prendre un taxi pour faire quelques pâtés de maisons me semble être du gaspillage. Et le métro est dans la direction opposée.

En entrant dans le club de strip-tease, nous montrons nos cartes d'identité et payons le prix d'entrée. Nous sommes escortés jusqu'à un ascenseur et montons à l'étage principal. L'endroit est sombre, avec des chaises en velours rouge, et faiblement éclairé. Il faut quelques secondes à mes yeux pour s'adapter à la lumière.

— Le voilà ! dit Clare en apercevant son fiancé dans un grand coin de banquette avec un groupe de gars. Clare plonge pratiquement sur lui, plantant ses lèvres sur les siennes. C'est un long baiser avec la langue et je détourne le regard, ne voulant pas les voir faire un enfant ensemble.

Je jette un coup d'œil à l'homme qui l'accompagne et mon sourcil se resserre lorsque je reconnais Steamy Single Dad assis juste à côté du fiancé de Claire.

— Logan !

Cali se glisse à côté de lui, passe ses bras autour de son cou et en dépose un sur ses lèvres.

— C'est donc pour ça que tu as arrêté d'envoyer des textos, dis-je.

Il a les sourcils froncés et je jure qu'il ne me reconnaît pas. Cali a l'air d'être une fille bien, je devrais lui dire que ce loser a essayé de la tromper et de rencontrer d'autres femmes. Ils n'étaient pas fiancés ?

Depuis combien de temps sont-ils ensemble ?

— Tu es un menteur et un trompeur !

Je dis cela en pointant du doigt le père célibataire et torride.

Des pas s'approchent par derrière.

— Qu'est-ce qui se passe ? demande Weston.

Weston est ami avec Steamy Single Dad, qui est le fiancé de Clare ?

Quelles sont les chances ?

— Cet homme, Steamy Single Dad, a flirté avec moi sur Internet, en échangeant des photos.

— Whoa ! Je jure que je n'ai jamais été sur une application de rencontre.

Cali descend de Logan, clairement confuse.

— De quoi tu parles, Elisa ? demande Cali.

Je sors mon téléphone et j'ouvre l'application de rencontre.

Weston arrive en trombe et me prend mon téléphone des mains.

— Je suis sûr que c'est une erreur.

— C'est quoi ton problème ?

Je lui lance une grimace.

— Rends-moi mon téléphone, Wes.

Il tape sur l'écran et efface accidentellement l'application.

— Oups !

— Pourquoi as-tu fait ça ?

Je lui tape sur le bras et lui rend mon téléphone.

— Je vais tout simplement télécharger l'application à nouveau.

— Laisse-moi voir ton téléphone, Logan.

Cali prend le téléphone de son fiancé et parcourt ses applications.

— Il n'a téléchargé aucune application de rencontre.

— Tu vois, dit le Steamy Single Dad. Je suis désolé, quelqu'un t'a piégé et s'est fait passer pour moi. Mais je n'ai pas touché à une application de rencontre depuis toujours. J'étais marié quand cette merde s'est popularisée et Cali est à peu près la première fille que j'ai rencontrée depuis.

— Qui diable...

Je tourne sur mes talons, fixant Weston.

— Dis-moi que ce n'était pas toi.

— Vous vous connaissez tous les deux ? demande Logan, fixant Weston.

— Elle travaille pour moi.

Je laisse échapper un soupir.

— C'est tout ce que c'est.

J'agrippe mon téléphone et me dirige vers l'ascenseur, appuyant sur le bouton à plusieurs reprises, voulant qu'il apparaisse plus vite.

— C'est quoi ce bordel, mec ? dit Logan en fixant Wes. Tu t'es vraiment fait passer pour moi pour draguer une fille ?

— Ca ne s'est pas passé comme ça.

Il ne le nie pas et c'est ce qui me fait le plus mal.

Je n'arrête pas d'appuyer sur le bouton pour descendre, mais l'ascenseur me trahit comme tous les autres. Finalement, les portes sonnent et Weston se précipite à ma suite.

Je n'ai pas la chance que les portes se referment sur lui.

— Laisse-moi t'expliquer, dit Weston.

— Expliquer quoi? Expliquer comment tu t'es fait passer pour quelqu'un d'autre. Bon sang, même pas n'importe qui, mais ton ami. Ton ami qui, je le précise, est fiancé !

Je jure que tout le monde nous regarde alors que les portes se ferment enfin et que nous sommes seuls dans l'intimité de l'ascenseur le plus lent du monde, qui prend son temps pour atteindre l'étage principal.

— Je t'aime bien et j'ai merdé, Elisa.

— Tu as merdé quand ?

Je le fixe.

— Quand on a couché ensemble et que tu as voulu faire comme si rien ne s'était passé. Ou peut-être que c'est quand on a eu ce rendez-vous merdique et que tu n'arrêtais pas de mater cette blonde en regardant ton téléphone. Oh, ne me laisse pas oublier la dernière occurrence où tu as prétendu être un gars que tu connais.

Je ne sais même pas comment Weston et Logan se connaissent, et je m'en fiche. Le fait est qu'il m'a menti.

— Je ne prétends pas être un saint. Je n'aurais pas dû...

Je le coupe, reconnaissante que l'ascenseur s'ouvre et que je puisse m'échapper.

— Je m'en fiche. Ça n'a pas d'importance. Je ne te reverrai plus jamais, Wes. C'est fini.

— Nous vivons dans le même immeuble, dit-il en me suivant dehors dans l'air glacial de l'hiver.

Il fait un froid de canard et on dirait de la neige. Le vent se déchaîne, me faisant tenir ma jupe pour éviter qu'elle ne s'envole.

— Laisse-moi te ramener chez toi.

— Tu veux dire, laissez ton chauffeur me ramener chez moi ? Tu devrais rester, être avec tes amis.

Weston pousse un gros soupir. Il saisit son téléphone et envoie un message à Camden, qui tire la voiture vers moi.

— Veille à ce qu'elle rentre saine et sauve, dit Wes à son chauffeur.

Je m'installe sur la banquette arrière, à l'abri du froid. Le véhicule a clairement été éteint, les sièges en cuir sont froids, mais c'est mieux que d'être dehors ou d'avoir affaire une minute de plus à Weston.

Je rentre chez moi, je rédige ma lettre de démission et je l'envoie dès que j'ai terminé.

J'en ai fini avec lui. Une fois pour toutes.

CHAPITRE DIX

WESTON

À contrecœur, je remonte l'ascenseur pour me rendre à la fête. Les filles sont agréables à regarder, mais cela ne me fait pas oublier Elisa. Je pense à elle depuis que j'ai mis les pieds dans le club.

Ce à quoi je ne m'attendais pas, c'est de sortir des toilettes et de la voir avec un groupe de filles près de Levi, le célibataire de la soirée.

Le pire, c'était de lui faire face quand elle a vu Logan. Je n'avais jamais pensé que leurs chemins se croiseraient, ce qui est insensé.

Je savais qu'Elisa allait à un mariage samedi.

Moi aussi, mais je n'ai pas pensé une seconde que c'était le même mariage. Beaucoup de gens se marient le week-end. Les mariages ont lieu toute l'année, même s'ils sont probablement plus fréquents à d'autres moments de l'année.

Peut-être que j'étais dans le déni, pensant que je pouvais amener Elisa à me révéler ses secrets les plus profonds et les plus sombres sans qu'elle sache qu'il s'agissait de moi depuis le début.

— Tu es un connard, dit Logan quand je remonte après avoir attendu le départ d'Elisa avec mon chauffeur.

Il reviendra me chercher au club à la fin de la soirée.

— C'est ce qu'on m'a dit.

Je ne laisse pas ses mots m'imprégner, ils roulent. Ils n'ont pas de sens.

— Je n'arrive pas à croire que je travaille pour toi, dit Sloane.

— Je n'arrive pas à croire que tu sois là, marmonné-je, et je trouve mon siège vide à côté de Logan.

Il est furieux.

— Je ne comprends pas, mec. Tu as le physique. Le charme. Le charisme. Les filles se battent toujours pour attirer ton attention. Pourquoi diable faire semblant d'être moi ?

Tout le monde me regarde, m'observe et attend une explication. Je ne peux pas entrer dans les détails, pas sans admettre qu'Elisa et moi avons couché ensemble.

Bien sûr, le compte a commencé comme un petit amusement, une mauvaise idée qui a tourné au vinaigre dès que les choses se sont compliquées entre nous. Et maintenant, je les ai rendues un million de fois pires.

— J'ai merdé, dis-je.

— Bien sûr, tu as merdé, dit la fiancée de Logan.

— Cali, calme-toi.

— Non.

Elle s'éloigne de ses genoux, pour faire comprendre son point de vue.

— Tu as failli me faire faire une crise cardiaque en pensant que Logan me trompait. Je devrais te frapper sur la tête, mais si je laisse une marque, les photos de mariage de demain auront l'air merdiques.

C'est la première fois que je la rencontre. Il a parlé d'elle toute la nuit, il a dit qu'elle aimait l'énerver et je comprends que cela puisse arriver.

Cette fille est un peu comme un pétard.

— Pourquoi es-tu encore là ?

Logan me regarde fixement.

— Ecoute, j'ai dit que j'étais désolé.

— En fait, tu n'es pas désolé du tout, dit Cali. Tu as tout dit sauf que tu étais désolé et je suppose que tu ne t'es pas non plus excusé auprès de la fille que tu as trompée.

— Weston, tu es le bienvenu pour rester et traîner ici, profiter du spectacle, dit Levi.

C'est son enterrement de vie de garçon, je suis là pour le soutenir pour son grand jour demain.

— Mais tu es un idiot si tu laisses les choses en suspens avec cette fille.

— Elisa, dit Clare en le corrigeant.

Ma réponse est le silence.

Elisa ne voudra pas me voir, et je ne lui en veux pas. Je l'ai trahie, je l'ai blessée et j'ai prétendu être quelqu'un que je ne suis pas. Si c'était l'inverse, je ne suis pas sûr que je serais aussi indulgent.

Je sirote ma bière, m'enfonçant dans mon siège, refusant de me bouger le cul.

— Je ne sais pas ce qu'Elisa te trouve, dit Sloane en s'asseyant à côté de moi.

— Ouais, moi non plus, marmonné-je.

Je finis ma bière et en commande une autre. Je ne pense pas pouvoir boire assez pour me faire oublier les dégâts que j'ai causés. J'ai de la chance que Logan ne m'ait pas donné un coup de poing ou menacé de m'enterrer vivant.

Je ne paie pas pour les danses privées. Je regarde les spectacles, mais je n'aurais jamais pensé aller dans un club de strip-tease et être malheureux.

Je ne pense qu'à Elisa. Comment je l'ai blessée. Que je n'aurais pas dû lui mentir. Comment, lors de notre rendez-vous, j'ai distrait la serveuse alors que j'essayais d'être poli, et qu'elle a mis le feu aux cheveux d'Elisa.

Ce n'est pas étonnant qu'elle m'ait abandonné lors de notre premier et unique rendez-vous. Elle a bien fait de s'enfuir. Je le méritais.

Je finis la deuxième bière, j'en commande une troisième et Logan vient s'asseoir à la place de Sloane.

— Je n'ai pas besoin d'un sermon, dis-je avant qu'il ne puisse me réprimander pour ce que j'ai fait.

— Je t'ai dit ce que je pensais, que tu devrais être avec elle ce soir plutôt qu'avec nous, dit Logan.

Il ne cache pas ses pensées à ses amis. Il dit les choses telles qu'elles sont. Je suis content qu'on soit encore amis, même si j'ai foutu ma vie en l'air. Au moins, je n'ai pas gâché la sienne.

— Elle ne voudra pas me voir.

Logan hausse les épaules.

— Tu as raison. Elle va être furieuse. Mets-toi à sa place. Tu t'es foutu d'elle. C'est merdique et je me fiche des raisons, tout ce que tu pensais qu'il se passerait, rien ne s'est passé ainsi. Sauf si tu avais l'intention d'être un con avec elle, mais je ne vois pas ça en toi, Weston. Normalement, tu te tapes la prochaine fille canon qui entre dans un bar, mais faire semblant d'être quelqu'un que tu n'es pas, aller sur des applications de rencontres, qu'est-ce qui se passe ? Parle-moi.

J'exhale un lourd soupir et je baisse la tête.

Je ne suis pas fier de mon comportement.

— C'est à cause de Wren ?

— Quoi ?

Je lève les yeux, ne comprenant pas pourquoi il parle de ma sœur.

— Ça ne doit pas être facile d'élever ton neveu. Ta sœur t'a laissé beaucoup de responsabilités.

— C'est mon fils, dis-je.

Légalement, je l'ai adopté après la mort de Wren. Il est devenu le mien. Biologiquement, c'est mon neveu, mais je ne l'ai jamais considéré comme tel un seul jour.

— Je sais que tu l'as adopté, son père n'est pas dans le paysage. Mais c'est une lourde responsabilité que de devenir père du jour au lendemain. Surtout quand on ne l'avait pas prévu.

— Nous savions tous que c'était une possibilité, dis-je en levant les yeux vers Logan.

Wren a lutté toute sa vie contre cette maladie. Lorsque nous avons appris qu'elle était enceinte, nous avons eu une discussion difficile : si quelque chose lui arrivait pendant la grossesse ou après, qui s'occuperait de son enfant ?

J'ai promis d'être cette personne.

J'étais tout ce qu'elle avait et maintenant je suis tout ce que Tyler a.

— Tyler et Wren n'ont rien à voir avec Elisa.

— Je pense sincèrement qu'ils ont tout à voir, dit Logan. Tu as gardé ton cœur enfermé, tu as peur d'aimer quelqu'un parce que tu as déjà perdu une personne qui t'était proche.

— Wren était ma sœur, lui rappelé-je. C'est différent.

— Oui, mais c'est toujours une grande perte et un grand changement. Dis-moi que j'ai tort.

— Tu as tort, dis-je.

— Alors pourquoi repousser Elisa ? Pourquoi lui mentir ? Pourquoi ne pas lui dire que tu l'aimes bien ?

Il penche la tête, me regarde fixement.

— Sauf si tu as déjà couché avec elle et qu'elle en veut plus. Mais alors tu ne serais pas en train de jouer à faire semblant d'être quelqu'un d'autre.

Je détourne le regard. Il est bien trop près de comprendre ce qui s'est passé.

— Tu as couché avec elle, dit Logan en souriant.

Il s'adosse à sa chaise en hochant la tête.

— Ce n'était pas bien ?

— C'était bien.

Je n'ai pas envie d'avoir cette conversation avec lui, de parler de ma vie sexuelle.

— C'était bien, c'est tout ? Tu n'as pas vraiment l'air d'avoir pris ton pied.

— C'était plus que bien, d'accord ?

Je lui lance un regard noir.

— Le sexe n'était pas le problème.

— Quel est le problème ? A part que tu es un connard ?

— Je l'aime bien, alors que je n'aime personne. Tu sais que je n'aime pas les relations. Et même si je le voulais, c'est mon employée.

— C'est une excuse, dit Logan en prenant une gorgée de sa bière. Tu peux trouver un moyen de contourner le problème. Tu es le propriétaire de l'entreprise. N'est-ce pas ?

— Je ne veux pas que les autres employés pensent qu'elle bénéficie d'un traitement de faveur ou que des rumeurs se répandent à son sujet.

J'essaie de protéger Elisa en gardant une bonne distance.

— Hé, Sloane ! dit Logan pour la faire venir vers nous et qu'elle se joigne à notre conversation.

Je gémis. Pourquoi Logan doit-il me tourmenter ?

— Si mon ami Weston avait une relation avec Elisa, est-ce que tu ferais des commérages de bureau à ce sujet ?

Je lance un regard noir à Logan.

— Nous n'avons aucune relation. Ne l'écoute pas. C'est un con.

Sloane me regarde, pas convaincue.

— Le seul con que je vois ici ce soir, c'est toi. Et il est évident que vous avez eu une relation à un moment donné. La tension sexuelle est passée d'explosive entre vous à comme si une tornade était passée et que vous ne pouviez pas vous regarder l'un l'autre.

— Ce n'est pas vrai.

— Non, dit Sloane. Mais vous venez de l'admettre. M. Grump, si vous couchez avec vos employés, vous devez vous attendre à ce qu'il y ait des tensions.

— Je ne couche pas avec mes employées, lui grogné-je.

— Juste une employée, dit Logan. Pas vrai ?

J'enfonce ma tête dans mes mains. L'interrogatoire est pire que la dispute avec Elisa. J'aurais dû rentrer avec elle, essayer de réparer ce que je pouvais avant qu'il ne soit trop tard.

— C'est bon, tu la verras demain, dit Levi en rigolant.

— Quoi ?

Je lève les yeux vers lui. J'espérais avoir affaire à elle au plus tôt lundi matin, au travail.

Même si je ne suis pas sûr qu'elle ait envie de monter en voiture avec moi de sitôt.

— Au mariage. C'est l'une des demoiselles d'honneur de Clare. Vous allez tous les deux descendre l'allée ensemble.

— Tuez-moi maintenant, murmuré-je.

— Quelqu'un veut quelque chose ? demande Sloane en se levant pour aller au bar.

— Non, je devrais vous dire bonne nuit maintenant.

J'ai déjà royalement foutu ma vie en l'air. Si j'ai de la chance, je pourrai essayer de parler à Elisa ce soir, avant de devoir l'affronter au mariage.

— Tu t'en vas ? demande Sloane.

Elle me regarde de haut en bas, mécontente.

— S'il te plaît, dis-moi que tu ne vas pas passer rendre visite à Elisa ?

Je ne peux pas faire cette promesse. Elle habite à côté de chez moi, ce n'est pas comme si je devais faire un long trajet pour aller la voir.

Mais je dois d'abord aller chercher Tyler, qui est avec la fille de Logan. Elle garde les enfants pour la nuit.

— On vient d'arriver, dit Levi. Repose ton cul. Tu t'excuseras demain, quand tu seras sobre.

— Putain, grogné-je et je me jette à nouveau sur la chaise.

— Je vais partir, dit Sloane, et je l'ignore.

Elle serre Clare dans ses bras et elles échangent quelques mots avant que Sloane ne se dirige vers l'ascenseur.

Je pousse un soupir de soulagement. Je ne veux pas que ce qui se passe ce soir me mette en difficulté au travail. L'incident avec Elisa n'est déjà pas si mal, mais traîner avec mes employés dans un club de strip-tease ne me semble pas judicieux.

— Je suis toujours en colère contre toi, dit Logan en me lançant un regard noir. Cali est recroquevillée sur ses genoux, sirotant la bière qu'elle lui a volée, un bras possessif enroulé autour de son cou.

— Moi aussi, ajoute Cali. Je viens peut-être de rencontrer Elisa, mais c'est une gentille fille. Pourquoi diable faire une chose pareille. Que pensais-tu ?

— Je n'essayais pas de la piéger, grommelé-je.

J'avale la dernière goutte de mon verre. Je me lève, j'ai besoin de me resservir et je n'attends pas que quelqu'un vienne à la table pour le faire.

Je ne me donne pas la peine de demander au reste du groupe s'ils veulent quelque chose. Je me dirige vers le bar et commande une autre bière.

Je paie ma note et attrape mon verre, mais je ne le ramène pas à ma place. Je ne mérite pas de m'asseoir avec eux après ce que j'ai fait.

Je baisse la tête, je ne m'amuse pas du tout. Je devrais rentrer chez moi, récupérer Tyler et m'arrêter là. Demain sera une longue journée.

Clare s'approche de moi en me regardant de la tête aux pieds.

— Je n'arrive pas à savoir si tu es un connard ou un idiot.

Je lui lance un regard noir.

— J'ai compris, j'ai merdé. On peut arrêter là ?

J'en ai marre qu'on me rappelle que j'ai gâché un bon moment, enfin, tout ce qu'on avait de bien.

— Non, j'ai bien envie de te virer de la fête de mariage, mais tu es le garçon d'honneur de Levi, pas le mien. Tu as de la chance qu'il te pardonne, parce que je ne pense pas que tu le mérites. Pas sans avoir beaucoup rampé.

— J'en prends bonne note, murmuré-je en sirotant ma bière.

Je fais semblant de ne pas me soucier de ce que pense Clare, mais elle est amie avec Elisa et je ne suis pas aveugle aux erreurs que j'ai commises.

— Tu vas nous dire pourquoi tu as fait ça ? demande Clare.

Je bois ma bière, voulant mettre fin à cette conversation aussi vite qu'elle a commencé.

— Non.

Clare croise les bras sur sa poitrine.

— Ce n'est pas une réponse acceptable. Et ce n'est pas étonnant qu'elle t'appelle M. Grump.

Je lui lance un grognement.

— C'est mon nom de famille.

— Ouais, eh bien, c'est approprié, raille Clare.

Je descends la dernière goutte de ma bière.

— Je vais m'arrêter là, dis-je.

Clare ne me dit rien. Cette fois, Logan me laisse partir, décidant que je ne vaux peut-être pas la peine de rester dans les parages. Il est préoccupé par Cali.

J'envoie un texto à Camden, l'informant que je me dirige vers le bas et que je suis prêt à prendre l'ascenseur. Le temps que j'atteigne les portes d'entrée, le véhicule est garé en double file, les feux de détresse allumés. Il me fait monter à l'arrière et m'ouvre la portière.

— Merci, marmonné-je en grimpant dans le véhicule.

— Nous allons chercher votre fils ou nous vous ramenons chez vous, monsieur ? demande Camden.

— Nous passerons prendre Tyler sur le chemin du retour.

Je m'assois et regarde par la fenêtre. Il fait frais dehors, assez froid pour qu'il neige. Il y a quelques flocons épars qui tombent, mais pas assez pour provoquer une agitation.

Je m'assoupis presque lorsque le véhicule s'arrête et que Camden claque sa porte en venant m'ouvrir la mienne.

— J'en ai pour quelques minutes, dis-je en réprimant un bâillement et en me dépêchant d'entrer dans l'hôtel et de monter dans la chambre.

J'aurais probablement dû laisser Tyler à l'hôtel et le laisser passer la nuit pour une soirée pyjama. Il s'avère que la mère de Levi était sur place pour aider Julianna avec les enfants.

Mais j'admets que je suis un peu trop protecteur avec mon fils.

Après ce qui est arrivé à Wren, je ne peux m'empêcher de m'inquiéter. Je n'ai jamais su qui était le père biologique de Tyler, ma sœur a refusé de nous le dire lorsqu'elle était enceinte, insistant sur le fait qu'il était préférable pour tout le monde qu'il ne soit pas impliqué.

Et il n'y a pas eu de suite à sa grossesse... Elle est morte en couches.

————

J'arrive avec mon fils à la résidence secondaire des Luxenberg. Il semble étrange qu'un milliardaire organise un mariage dans son jardin. Mais il a des hectares de propriété et des arbres qui s'étendent sur des kilomètres, offrant une vue pittoresque.

Je me serais attendu à ce que le mariage ait lieu dans un endroit exotique et difficile à réserver. Peut-être une destination chaude, comme le Pacifique Sud ou les Caraïbes, d'autant plus que nous sommes en plein hiver à New York.

Bien que le lieu de la cérémonie soit l'une de ses nombreuses maisons, ils n'ont pas lésiné sur les moyens. Des lumières sont suspendues à l'extérieur et, bien qu'il fasse encore jour, j'imagine qu'il fera très beau ce soir pour les photos, tandis que les festivités se poursuivront jusqu'au petit matin.

À l'intérieur de la maison, il y a plusieurs longues tables en bois et des chaises assorties, une magnifique installation pour le dîner.

À l'extérieur, il y a de la neige fraîche et des arbres à feuilles persistantes qui bordent la propriété. Il n'y a personne à des kilomètres à la ronde et si la cérémonie se déroulera à l'extérieur, ainsi que les photos, la plupart des festivités se dérouleront à l'intérieur.

Je n'arrive toujours pas à croire que Clare voulait se marier dehors dans la neige et que Levi a accepté.

L'amour.

Il pousse les gens à faire des choses folles l'un pour l'autre.

Je suis heureux pour eux deux, et j'admets que le fait qu'il s'agisse d'un mariage non traditionnel me rend encore plus excité à l'idée d'être ici. Je suis ravi pour Levi et Clare, mais rien que l'idée du mariage me retourne l'estomac. C'est définitif. Et si la personne que vous épousez s'avère être complètement différente de celle avec qui vous avez vécu et que vous avez fréquentée ?

Levi m'a raconté des histoires d'horreur sur l'ex-mari de Clare. Ils ont dû le payer pour qu'il s'en aille et laisse leur famille tranquille.

Quel genre de monstre choisit l'argent plutôt que l'amour ? Mais ils étaient déjà séparés et il la harcelait. Il y avait probablement un certain nombre de signaux d'alarme, mais ce n'est pas une conversation que j'ai approfondie avec Levi. Et je connais à peine Clare.

La première fois que je l'ai rencontrée, c'était avec Elisa.

Le monde est petit.

Tyler a été invité à faire partie de la fête de mariage en tant que porteur d'anneaux. Il est absolument superbe dans son petit smoking noir, ses cheveux récemment coupés et plaqués en arrière avec un peu de gel supplémentaire pour les maintenir en place.

Il sautille à l'intérieur, près de la porte de derrière. Il fait frais dehors et je lui ai mis son manteau d'hiver sur les épaules jusqu'à l'heure des photos et de la cérémonie.

— Papa, je peux jouer dans la neige ? demande Tyler.

— Pas aujourd'hui, mon pote.

Je le prends dans mes bras et le fais tourner.

— Pose-moi ! s'exclame-t-il en riant. Je suis un grand garçon.

— D'accord, d'accord.

Je ne peux pas cacher mon sourire. Mais il disparaît lorsque je lève les yeux vers Elisa. Elle porte une longue robe noire et elle est rayonnante.

Dès que ses yeux se posent sur moi, elle détourne le regard et se dirige vers la sortie, me dépassant sans un mot. C'est sûr qu'elle me fait froid dans le dos, mais ça pourrait être pire. Elisa pourrait faire une scène et me jeter de l'eau à la figure, ou une autre boisson, pour me rappeler qu'elle est en colère.

Au moins, elle a assez de bon sens pour ne pas gâcher le jour du mariage de Levi et Clare.

— Papa, je veux jouer dans la neige, gémit Tyler.

Il se tortille pour enlever son manteau, le laisse tomber sur le sol avant de sortir, ses petits pieds s'enfonçant dans la neige fraîche, laissant une traînée derrière lui.

Il n'est pas le premier à sortir dans la neige, mais mon fils a choisi d'ignorer le chemin pelleté au profit d'une neige épaisse et fraîche pour bondir. Son pantalon est trempé, tout comme ses chaussures, et à un moment ou à un autre, il va avoir froid. J'ai apporté des vêtements de rechange, mais je ne peux pas les lui mettre avant le début du mariage.

— Tyler, ramène tes fesses à l'intérieur, lui dis-je en grognant.

Il marche dans la neige, donnant des coups de pied dans toutes les directions avant de me tirer la langue, me défiant de lui courir après.

Je ne sais pas comment je vais faire quand le petit sera adolescent si ce n'est qu'un avant-goût des problèmes que je vais devoir supporter.

Je ne suis pas l'homme le plus patient qui soit. J'essaie, mais élever un enfant ne faisait pas partie de mes plans.

— Non !

Tyler me tire la langue d'un air de défi et court dans la direction opposée.

Il court en direction d'Elisa.

Elle lui tourne le dos et fixe le paysage, l'absorbant tout entier. Elle est belle, sa peau est plusieurs fois plus foncée que la neige, mais elle se fond dans le contraste saisissant de sa robe sombre.

Elle est agréable à regarder, mais quand ne l'a-t-elle pas été ? Ses cheveux sont épinglés pour la cérémonie et j'ai envie d'enlever les épingles et les pinces et de regarder ses mèches tomber en cascade autour de ses épaules.

Il y a quelque chose d'incroyablement sexy à la voir se détendre, comme si elle divulguait un secret et révélait une partie d'elle-même, destinée uniquement à mes yeux et à mes oreilles.

Pourquoi est-ce que je n'arrête pas de penser à elle ? Elle envahit mes rêves la nuit et mes pensées le jour. Elle vole mon souffle, mon âme et mon cœur d'un seul regard.

Oserais-je dire que je suis en train de tomber amoureux d'elle ? Cela n'a jamais fait partie de l'équation. Elle était censée être mon employée, une fille qui s'occupe de mes rendez-vous et qui va chercher le café pour moi.

Quand est-ce que tout cela a changé ?

Est-ce que c'est quand elle a gardé mon fils après que sa nounou a eu une crise cardiaque ?

Cela aurait pu être la nuit où nous nous sommes emmêlés dans les draps de mon lit. Je sens encore son odeur dans ma chambre quand je m'endors.

Je suis malade. C'est une dépendance dont je ne peux me défaire, j'ai besoin d'elle comme j'ai besoin d'air pour remplir mes poumons et me donner la vie. Elle est le remède à mon âme affamée.

Tyler fonce droit sur Elisa, comme un joueur de football essayant de la plaquer.

CHAPITRE ONZE

Elisa

L'air est frais dehors, avec de la neige sous mes chaussures. Au loin, j'entends Weston crier pour son fils, mais je les ignore, laissant sa voix dériver dans le vent.

Je suis frappée par derrière par une petite force qui me fait basculer vers l'avant dans la neige glacée. Mes mains s'élancent devant moi pour me rattraper alors que je suis écrasée dans la neige blanche et humide.

Les rires de Tyler fusent de derrière lui alors qu'il s'agrippe à mes jambes, me maintenant clouée au sol.

Où diable a-t-il appris à faire ça ?

Weston grogne et se hâte dans la neige, attrapant son fils.

— Tyler, ça suffit ! gronde-t-il. De quoi avons-nous parlé ? Tu dois faire attention.

Je ris sous mon souffle et Wes me tend la main pour m'aider à me relever.

— Merci, dis-je en lui prenant la main alors qu'il porte Tyler en bandoulière. Le gamin est trempé par la neige et moi aussi.

J'essuie les restes de neige sur ma robe. Il faisait frais dehors, mais maintenant je suis gelée.

— Venez, allons vous réchauffer tous les deux, dit Weston.

Sa main se pose sur le bas de mon dos tandis que je me dirige vers l'allée dégagée et que je me précipite vers l'âtre pour me réchauffer.

Je m'entoure de mes bras ; le chalet est déjà bien chaud avec le feu qui crépite, ce qui apporte un confort supplémentaire. Je me tiens devant le feu et Tyler me rejoint. Il frissonne de la tête aux pieds et Wes pousse un lourd soupir.

Je suppose que ce n'est pas le moment de lui demander s'il a reçu mon courriel, la lettre de démission que j'ai envoyée hier soir.

Je ne me souviens pas de chaque mot que j'ai écrit, j'espère que ce n'était pas embarrassant, parce que j'étais un peu plus que pompette à cause de la fête. Mais ce n'est pas à moi d'avoir honte de mes actes.

C'est Weston.

— Tyler, qu'est-ce que tu dis à Elisa ?

— Je suis désolé, dit-il en me fixant de son regard vibrant. Tu me pardonnes ?

— Tu devrais peut-être t'inspirer de ton fils, dis-je en jetant un coup d'œil à Weston. Je traîne les pieds, reconnaissante d'avoir opté pour des bottes noires doublées de fourrure plutôt que des talons avec ma robe. Au moins, mes orteils sont chauds, c'est la seule chose sur moi qui soit confortable en ce moment.

— J'ai compris, j'ai foiré, dit Wes en regardant son fils.

— A quoi tu pensais ?

Je lève la main, décidant que je ne veux pas entendre son excuse bidon.

— Je suis désolé, dit Weston.

— Ce n'est pas suffisant, Wes. Tu m'as menti. Je ne peux plus travailler avec toi.

— Quoi ?

Ses sourcils se froncent et sa mâchoire se resserre.

— Comment ça, tu ne peux plus travailler avec moi, Elisa ?

Merde.

Il n'a pas reçu l'e-mail que j'ai envoyé avec ma démission en pièce jointe ? Je l'ai envoyé hier soir, n'est-ce pas ?

Il était bien plus de deux heures du matin lorsque j'ai fini d'écrire la lettre et que j'ai appuyé sur "envoyer".

— Je te donne ma démission, dis-je, et je me racle la gorge, essayant de trouver la confiance nécessaire pour lui dire en face qu'il est un abruti.

Sauf que son enfant de trois ans regarde son père, les yeux pleins d'étoiles, comme si Weston était le héros ultime.

— Tu ne peux pas démissionner, dit Weston.

— Je t'ai déjà envoyé mon préavis par e-mail. Tu ne l'as pas reçu ?

— Je n'ai pas regardé mon téléphone. Nous nous sommes levés ce matin et avons commencé à nous préparer pour le mariage. La journée a été bien remplie, dit-il.

Il passe ses doigts dans ses épais cheveux noirs et se mord la lèvre inférieure, son regard tressaillant.

— Je n'accepte pas ta démission.

— Tu ne l'as même pas vue.

— Eh bien, fais comme si je l'avais vue. Je n'accepte toujours pas.

Le bruit dans la pièce s'amplifie, les invités se préparant pour le mariage.

— Tu es toujours aussi têtu ? lui demandé-je, en m'approchant de lui.

Son souffle chaud touche ma joue et il se penche plus près, son regard sur mes lèvres. Je jure qu'il va m'embrasser.

J'inspire brusquement. Je recule d'un pas, mais je n'ai nulle part où aller. Nous sommes coincés entre la cheminée et la foule des participants qui se rassemblent dans l'espace géant avant de sortir dans le froid pour prendre place pour la courte cérémonie.

— Seulement quand il s'agit d'obtenir exactement ce que je veux, dit-il.

— C'est-à-dire quoi ?

—Toi.

Je ne le crois pas.

Qu'est-ce qui ne va pas chez lui ?

L'agitation devient de plus en plus forte et bruyante lorsque Levi siffle et attire l'attention de tout le monde. La foule se calme momentanément pendant qu'il ordonne à tout le monde, à l'exception des invités, de sortir car la cérémonie de mariage est sur le point de commencer.

La foule se disperse et je m'enfuis à la première occasion avant que Weston ne puisse se retourner et réaliser que je suis partie.

De plus, je suis l'une des demoiselles d'honneur de Clare. On s'attend à ce que je sois là et que je descende l'allée. Je me précipite à l'étage où les filles se préparent. Clare est déjà dans sa robe noire, un grand sourire aux lèvres. Elle est magnifique, rayonnante, et son sourire illumine la pièce.

— Allons-y ! crie-t-elle et nous sortons, Cali s'assurant que les garçons sont prêts et que les invités sont assis.

J'ignore le froid dû à la perte de la cheminée et je descends les escaliers avant la mariée. Je suis Ellie, quand mon regard se pose sur Weston.

— Va t'asseoir, grondé-je. Le mariage est sur le point de commencer.

— Je sais. Je te conduis à l'autel.

— Putain, marmonné-je, incapable de me contenir.

Weston me jette un regard noir et bouche immédiatement les oreilles de Tyler pour qu'il ne nous entende pas.

— Papa, grogne Tyler, en se dégageant de son emprise.

— C'est presque l'heure. Encore deux minutes, dit-il.

Nous sommes tous entassés près de la porte, voulant regarder tout en essayant de maintenir un semblant d'ordre.

Les bouquetières commencent par Amelia, la fille de Levi. Elle saupoudre de pétales de roses noires le sol recouvert de neige tassée en descendant gracieusement l'allée.

— Tu es le suivant. Tu te souviens de ce dont nous avons parlé ?

Weston tend à Tyler un petit coussin noir avec une bague attachée par un ruban rouge foncé.

Je dois admettre que j'ai été surprise lorsque j'ai appris que la couleur de son mariage était le noir, avec une touche de rouge de temps en temps. Mais elle s'est mariée une fois, et elle a fait le grand mariage blanc avec toutes les superstitions appropriées, et ça n'a pas marché

Tyler s'arrête dans l'allée et se retourne, jetant un coup d'œil à son père.

Weston lui fait signe de continuer à marcher.

Le cortège se poursuit avec nous deux, et j'aspire une bouffée d'air et mon dégoût pour Weston lorsqu'il m'offre son bras.

Je me force à sourire, mais j'ai envie de le piétiner et d'exiger qu'il ne me touche pas.

La musique continue et nous sortons dans l'air glacial de l'hiver. C'est magnifique et froid à la fois. Je fais de mon mieux pour ne pas frissonner, ce qui est une tâche impossible, même avec les lampes chauffantes placées tout au long de l'allée et à l'avant, derrière les mariés.

La chair de poule recouvre mes bras ; la robe que je porte est mignonne mais pas du tout chaude pour des festivités en plein air.

Heureusement, la cérémonie est rapide et je suis reconnaissante lorsqu'ils échangent leurs vœux, leurs alliances, un baiser chaleureux et que nous sommes tous ramenés dans la chaleur de la cabane.

Je rentre en traînant les pieds, faisant de mon mieux pour éviter Weston. Cela n'a pas d'importance. Son fils semble me reconnaître et me salue avec un sourire sauvage avant de foncer vers moi à travers la foule.

— Tyler !

Weston crie par-dessus la musique et les bavardages. C'est comme s'il évitait la circulation, essayant de se frayer un chemin jusqu'à moi alors que Tyler a l'avantage, se faufilant entre les jambes des gens et se frayant un chemin sans ralentir une seconde.

Je me penche, consciente cette fois qu'il se dirige droit sur moi.

— Hey, Tyler, dis-je, et j'ouvre les bras pour qu'il me fonce dessus au lieu de me renverser deux fois dans la même journée.

Au moins, cette fois-ci, nous sommes tous les deux secs.

Il est pris d'une crise de fou rire et ses yeux sont écarquillés lorsqu'il passe ses bras autour de mon cou et dépose un baiser sur ma joue.

Je le prends dans mes bras au moment où Weston rattrape son fils.

— Laisse-moi le prendre, dit Weston.

Tyler s'agrippe plus fort à mon cou, et je ne pense pas que le garçon soit prêt à lâcher prise de sitôt.

— C'est bon, ça ne me dérange pas, dis-je en lui frottant le dos.

Weston me regarde fixement et je n'arrive pas à comprendre ce qui lui passe par la tête.

— Tu es douée avec lui, dit-il.

Est-ce qu'il me fait vraiment un compliment ? Après ce qui s'est passé hier soir, je veux juste m'éloigner de lui. Mais il semble que ce soit la chose la plus loin de se produire en ce moment.

J'expire un grand coup.

— Merci.

Weston se penche en avant, balayant une mèche de mes cheveux de mes yeux et derrière mon oreille.

— Je suis vraiment désolé pour hier soir.

Il n'a pas compris ?

— Tu regrettes que je l'aie découvert ? Parce que tu prétends être quelqu'un d'autre depuis bien plus longtemps que la nuit dernière.

Tyler s'agite contre moi et se retire. Il doit sentir que je suis en colère, et il s'extirpe de mes bras. Je le dépose sur le sol, et Wes le ramasse avant qu'il ne puisse s'attaquer à quelqu'un d'autre.

— Il pourrait être footballeur, dis-je avec un sourire en coin.

J'essaie de changer de sujet, et puisque je n'arrive pas à échapper à Weston, autant parler de quelque chose que nous aimons tous les deux : son enfant.

J'essaie d'être civilisée et polie. Je ne veux pas gâcher le mariage de Clare pour une histoire entre Weston et moi.

Je n'aurais jamais dû aller aussi loin, coucher avec lui - mon patron. C'était une erreur.

— Ça n'arrivera jamais, dit Weston.

— Oh, oui. Les commotions cérébrales... dis-je.

Son regard s'assombrit et il tressaille. Mon estomac se retourne, me rappelant l'état de l'enfant. Je me mords la lèvre inférieure pour ne pas dire quelque chose d'insensible.

— Je suis préoccupé par...

Il secoue la tête.

— Peu importe, oublie ça.

Il emporte Tyler, comme si j'avais dit quelque chose qui l'avait offensé.

C'est moi qui devrais lui en vouloir pour ce qu'il a fait. Il m'a piégé. Pas l'inverse !

Il traverse la pièce en direction de ses amis, et je suis surprise que Logan ne semble pas le moins du monde en colère contre lui à première vue.

A-t-il pardonné à Weston ?

— Elisa !

Cali pousse un cri et m'entoure de son bras. Nous nous sommes rencontrées la nuit précédente, mais apparemment, nous sommes maintenant les meilleures amies du monde.

Je lui réponds en forçant un sourire.

— Tu t'amuses bien ?

Elle a un verre de vin dans une main et un petit garçon sur la hanche. Il a les cheveux de sa mère et certainement les yeux de son père.

Je n'avais pas réalisé qu'elle avait des enfants.

Est-ce que tous les amis de Weston sont parents ?

— Oui, Clare et Levi ont une maison tellement charmante, dis-je en m'imprégnant de l'atmosphère.

— Comment ça se passe entre Weston et toi ?

— Compliqué, dis-je, comme si cela résumait tout ce qui s'est passé.

— Tu as l'air de t'ennuyer. Viens traîner avec moi et les filles, dit Cali en insistant pour que je la suive.

Ellie et Tali sont à côté de Logan, en train de parler avec Weston et une autre fille qui est certainement une adolescente.

J'ai de nouveau des papillons dans l'estomac quand je les rejoins.

— Elisa !

Tyler pousse un cri et me tend à nouveau les bras, comme si je n'étais pas en train de tenir et de câliner l'enfant il y a cinq minutes.

— Je pense que tu as eu assez de temps avec Elisa pour le moment, petit, dit Weston.

— C'est bon, dis-je en proposant de prendre Tyler quelques minutes de plus.

C'est une distraction par rapport à la nuit dernière, aux mensonges, à tout ce qui me met mal à l'aise. Je préférerais me cacher et ne pas être le moins du monde sociable, mais ce n'est pas pour cela que je suis ici. C'est le jour du mariage de Clare.

Et puisque Weston ne part pas, je dois trouver un moyen de le supporter.

Tyler m'entoure à nouveau de ses bras et dépose baiser après baiser sur ma joue.

— Il a un énorme béguin pour Elisa, dit Cali.

La pièce est soudain plus chaude.

— Tel père, tel fils, dis-je en me mordant la lèvre inférieure.

Tyler me fait un énorme câlin et je lui ébouriffe les cheveux en le regardant lever les yeux vers moi. Ce gamin est absolument adorable.

— Papa, je dois aller sur le pot, dit Tyler, et je le rends à Weston pour qu'il trouve la salle de bains.

Lui et Tyler se dépêchent de traverser la foule et je pousse un soupir de soulagement.

— C'est plutôt mignon qu'ils aient tous les deux le béguin pour toi, dit Cali.

— Oui, mais Weston n'est pas le père biologique de Tyler, dit Logan à Cali. Je t'ai raconté cette histoire, n'est-ce pas ?

— Quoi ?

Cela me prend au dépourvu.

— Il n'est pas le père biologique de Tyler ?

— Tyler est son neveu. Sa sœur est morte en couches. Je laisserai Weston te raconter le reste, mais il est un peu surprotecteur étant donné les circonstances de sa mort.

Mon estomac tombe à terre. Il n'a jamais dit un mot sur le fait d'être l'oncle de Tyler ou sur ce qui est arrivé à sa sœur.

— Surprotecteur ?

— Ce n'est pas à moi de le dire, mais je suis content que tu lui parles, dit Logan. Je connais Weston depuis qu'on a servi ensemble, et même s'il est un peu bête de t'avoir fait miroiter des choses en ligne, il t'aime bien. Je pense que le fait que vous travailliez ensemble ne fait que compliquer les choses.

Sans rire. J'expire une bouffée d'air.

— Oui, ça n'a plus d'importance. J'ai déjà donné ma démission.

— Tu as fait ça ? dit Cali, les yeux écarquillés.

Le petit garçon qu'elle porte dans ses bras se blottit contre sa poitrine, s'enfouissant en elle.

— Comment Weston l'a-t-il pris ?

— Il est dans le déni, dis-je.

— As-tu un autre travail en vue ? demande Cali. C'est pour ça que tu démissionnes, non ?

Elle me fixe du regard et je me déplace maladroitement sur mes pieds.

Je ne veux pas lui mentir.

— C'est juste que ça ne me convient pas de travailler pour M. Grump, dis-je.

Un sourire ironique se dessine sur son visage.

— M. Grincheux. Cela décrit Weston un peu trop bien.

Cali frappe Logan à l'épaule.

— Comme si tu n'étais pas grincheux quand on s'est rencontrés ?

Il rit et lui lance un regard amusé.

— Moi ? C'est toi qui faisais fuir tous les clients de la boutique de ma station balnéaire en te déchaînant sur la cherté des prix.

— Je n'avais pas tort. Je n'ai jamais tort, lui lance Cali.

Je suis mal à l'aise et je bouge sur mes pieds. Ils semblent tous les deux dégager de la vapeur, mais pas dans le sens de la colère et de l'envie de partir en claquant la porte. Je jure que la passion que ces deux-là évoquent est à l'origine du petit paquet dans les bras de Cali.

Je recule d'un pas, la chaleur entre eux est trop forte pour moi en ce moment. Je me dirige vers le bar, prenant un Amaretto Stone Sour, souhaitant pouvoir disparaître pour le reste des festivités.

Je bois une gorgée de mon verre et je tombe sur Weston.

— Où est Tyler ? demandé-je en buvant une gorgée de mon verre.

Je suis surprise que Weston ne lui court pas après.

— Je l'ai déposé avec Julianna.

— C'est la fille de Cali, c'est ça ? demandé-je.

— La fille de Logan, Cali est la belle-petite amie.

Il fronce les sourcils, comme s'il essayait de comprendre la relation.

— Qu'est-ce que tu prends ? demande-t-il en faisant un signe de tête vers mon verre.

— Amaretto Stone Sour.

— Girly.

— Eh bien, je suis une fille.

Je me déplace sur mes pieds, son regard est accablant. Je ne peux pas continuer à faire ça avec lui.

— Je suis sérieuse à propos d'arrêter, Wes.

Cela ne dure qu'une seconde avant que les yeux de Weston ne s'écarquillent.

— Quoi ?

Il m'a entendu.

Il n'a probablement pas aimé ce qu'il a entendu, mais il a saisi chaque mot.

Je lui donne le silence. Pourquoi ne prend-il pas son téléphone pour lire ma lettre de démission ? C'est trop demander ?

— Pourquoi ?

Il essaie à nouveau, parce que je ne réponds pas assez vite.

— On ne travaille pas bien ensemble.

— Ce sont des conneries, et tu le sais.

Son regard se resserre et il fait un pas de plus, envahissant mon espace personnel. Son souffle est chaud. Son parfum masculin m'envahit lorsqu'il me chatouille le nez. C'est un mélange de genièvre, d'épices et de feuilles persistantes. Comme s'il s'était baigné dans la forêt enneigée.

— Je sais que je n'aurais pas dû coucher avec toi.

Je refuse de baisser mon regard.

— Et tu n'aurais pas dû me piéger.

Il pousse un gros soupir, mais ne recule pas.

— Tu as raison. J'ai été un idiot. Je voulais savoir ce qui te passait par la tête après cette nuit ensemble. Tu as été distante et tu t'es éloignée de moi et depuis que nous travaillons ensemble...

— Et tu pensais que prétendre être quelqu'un d'autre, un étranger, allait nous rapprocher ?

J'ai envie de le frapper à la tête. Je lui jetterais bien mon verre à la figure s'il n'avait pas si bon goût.

— Je suis désolé.

— Excuses non acceptées.

CHAPITRE DOUZE

WESTON

— Je n'accepte pas ta démission, dis-je lorsque je retrouve Elisa dehors en fin de soirée.

— Ce n'est pas à toi de décider. Tu ne peux pas me forcer à travailler pour toi.

— Personne ne force personne à faire quoi que ce soit, lui grogné-je.

Pourquoi cette femme me frustre-t-elle à ce point ?

Elle me fixe, un verre à la main, et son regard ne faiblit pas.

— Bien.

— Nous n'aurions jamais dû coucher ensemble, murmuré-je.

Peu importe à quel point c'était bon, à quel point c'était juste, ce désastre aux proportions épiques est entièrement de ma faute. J'aurais dû garder ma bite dans mon pantalon.

— Sans déconner, murmure-t-elle en buvant une énième gorgée.

Je lui arrache le verre des mains et le bois jusqu'à la dernière goutte.

— C'est quoi ce bordel ?

Elle me tape sur le bras et son nez tressaille. Je crois qu'elle va perdre les pédales, et je ne lui en voudrais pas.

Je mérite sa colère.

Je fais claquer le verre sur une table voisine, mes bras étant suffisamment longs pour l'atteindre sans avoir à m'éloigner le moins du monde d'Elisa.

— Va chercher ton verre, dit-elle en se renfrognant et en me donnant un coup de pied dans le tibia.

Putain de merde !

Je grimace et, sans réfléchir, je la repousse contre le mur, la coinçant contre les lattes de bois.

Involontairement, elle frissonne. J'imagine que c'est à cause de la surface froide et que ça n'a rien à voir avec le fait que je sois serré contre elle.

Je devrais me retirer, nous laisser de l'espace, ou au moins trouver un endroit où nous pourrions nous réfugier tous les deux, mais je ne peux pas m'empêcher de l'embrasser. Et elle doit ressentir la même chose.

Je me jette sur elle et quelques secondes plus tard, sa langue glisse dans ma bouche, prenant avidement ce qu'elle veut, ce qui ne fait qu'accroître mon désir pour elle. Chaque goût, chaque toucher, chaque gémissement fait durcir ma bite. A-t-elle la moindre idée du pouvoir qu'elle exerce sur moi ?

Je n'ai jamais eu l'intention de lui dire. C'est un secret qui mourra avec moi, et j'espère que ce ne sera pas de sitôt.

Quelqu'un se racle la gorge et j'ai envie de lui dire de dégager, mais nous sommes à un mariage et je ne pense pas que c'est ce que Levi avait prévu quand il a dit qu'il voulait que ses invités profitent de la réception dans sa cabane.

— Quoi ? grogné-je contre la personne qui interrompt le bon temps que je passe avec Elisa.

Je m'éloigne à contrecœur de la piquante jeune femme aux cheveux de jais. Ses joues sont rouges, et sa poitrine se soulève et s'abaisse avec de douces halètements alors qu'elle essaie de reprendre son souffle.

Levi me regarde fixement, un bras autour de la taille de sa nouvelle épouse.

— Je dois admettre que si je pensais que si quelqu'un devait s'envoyer en l'air à mon mariage, ce serait moi.

Clare lui donne un coup de coude dans la hanche.

— Je ne vais pas m'envoyer en l'air avec toi devant notre famille et nos enfants.

— « Nos » enfants ? répète Elisa en clignant lentement des yeux.

Levi a une fille, Amelia.

Clare se mord la lèvre inférieure et détourne le regard.

— Il y a beaucoup d'enfants ici qui n'ont pas besoin d'apprendre la reproduction aujourd'hui avec nous. Ou avec vous.

— Bien joué, fille de l'avion.

Clare lui donne un deuxième coup dans les côtes.

— Attention, voleur de culotte, rétorque-t-elle.

— Voleur de culotte ?

Je fixe mon regard sur Levi.

— C'est une histoire que je n'ai jamais entendue.

Il doit bien y avoir une explication sur la façon dont il a gagné ce surnom. Mais est-ce que je veux le savoir ? Le tourmenter devrait être un plaisir suffisant.

— Et tu ne l'entendras pas, dit Levi, me coupant la parole. Je suis heureux de voir que vous vous entendez bien, mais pas de porno devant les invités, s'il vous plaît.

— On s'embrassait, balbutie Elisa, comme s'ils ne venaient pas de nous surprendre en train de le faire.

— Oui, ce qui peut amener à…

Clare pose une main sur son abdomen.

— Tu es enceinte ?!

Elisa halète et porte sa main à ses lèvres.

— Chut !

Clare lui fait signe de baisser le ton.

— Nous ne l'avons encore dit à personne.

— Félicitations, dis-je, en voulait paraître sincère, mais l'idée d'avoir un enfant me terrifie honnêtement.

J'ai mon neveu que j'élève, et l'idée de deux enfants, je ne sais pas comment Levi et Clare vont s'en sortir. Même si je sais qu'Amelia a quelques années de plus que Tyler et qu'elle n'a pas non plus les problèmes de santé auxquels il est confronté.

Levi attire Clare contre lui.

— Nous devrions faire le tour, dit-il. Ensuite, on t'installera et on te donnera quelque chose à manger.

— Je suis enceinte, pas fragile, murmure Clare.

Elle nous adresse un sourire avant qu'il ne la pousse vers d'autres invités.

— On peut parler ? demande Elisa en me fixant, les yeux brillants et écarquillés.

J'expire un grand coup.

— Oui, c'est probablement une bonne idée.

J'ai beau vouloir revenir à ce que nous faisions, cela ne résoudra rien.

Nous entrons et nous dirigeons à l'étage, où nous aurons un peu d'intimité. J'ouvre une pièce au hasard et appuie sur l'interrupteur avant de faire signe à Elisa d'entrer. Ses talons claquent sur le parquet lorsqu'elle pénètre dans la pièce. C'est clairement la chambre d'Amelia, avec un baldaquin de princesse au-dessus du lit et des rideaux violets étincelants.

Elisa serre sa lèvre inférieure entre ses dents et croise les bras sur sa poitrine.

— Ce baiser en bas... on ne devrait pas, on ne peut pas, Weston.

— Pourquoi ? Tu as déjà démissionné. Je ne suis plus ton patron.

Je me rapproche, envahissant son espace personnel.

— C'est plus que ça, dit Elisa en me fixant. Tu as été mauvais pour moi, Weston.

— Et je suis désolé, dis-je. J'aurais dû être honnête. J'avais peur que tu me prennes pour un homme que je ne suis pas.

— Oui, dit Elisa, et lentement, je vois la résolution s'effondrer autour d'elle. Comme si le mur construit autour d'elle se brisait.

— Dis-moi la vraie raison pour laquelle tu démissionnes.

Elle souffle doucement, le regard fixé vers le bas, ne voulant pas croiser mon regard.

— Elisa ?

Je veux qu'elle me réponde.

— Tu t'attends vraiment à ce que je revienne au bureau ? Je te laisse de l'espace. C'est ce dont nous avons besoin. Peut-être que si nous n'étions pas des voisins de palier...

— Nous ne le serons plus très longtemps.

— Quoi ?

Cela attire son attention et elle lève les yeux vers moi.

— Cela ne te dérange pas que nous travaillions ensemble, mais seulement que nous vivions l'un à côté de l'autre ?

Sa logique me laisse un peu perplexe.

— Tu ne viens pas d'emménager dans l'immeuble ?

— C'était un arrangement temporaire. Ma maison faisait l'objet de travaux de rénovation, car on avait trouvé de l'amiante dans le bardage et la toiture et, en plus, de la peinture au plomb dans les boiseries d'origine.

— Tu veux dire que tu ne vis pas dans un appartement ? Bien sûr que non. Tu es milliardaire. Tu pourrais posséder tout l'immeuble.

Cette réponse, elle la murmure plus à elle-même qu'à moi. Je l'ignore, conscient de mes revenus et de ma fortune.

— Bientôt, je devrais déménager. L'arrangement n'a jamais été prévu pour être permanent.

— Mais tu serais toujours mon patron si je restais.

Elle se mord la lèvre inférieure.

— Oui, c'est ce que je suggère.

Elle ferme momentanément les yeux.

— Tu me frustres. Tu te rends compte à quel point tu me rends folle ? Et comment ça Tyler est ton neveu ?

— Logan t'a dit ça ?

Je ne peux m'empêcher de sentir la colère me traverser comme un éclair.

— Il n'avait pas le droit !

— Ne me crie pas dessus, dit-elle en se renfrognant.

Elle est face à moi et refuse de reculer.

— Ce n'était pas à lui de parler de ce qui s'est passé avec ma sœur ou Tyler.

Sa main se tend, effleurant doucement mon bras.

— Il ne m'a rien dit à propos de ta sœur. Seulement que tu peux être un peu trop protecteur.

— Je n'ai pas d'autre choix, dis-je. Quelqu'un doit s'occuper de Tyler. Il est trop jeune pour comprendre son état. Je ne t'ai jamais dit que Wren était sa mère parce que je ne voulais pas que tu regardes Tyler comme tu me regardes en ce moment.

— Comment est-ce que je te regarde ? demande Elisa, la voix douce. Avec inquiétude ?

Elle entrelace nos mains et presse fermement ma paume.

— Je sais que tu tiens à Tyler.

— Bien sûr, je donnerais ma vie pour la sienne. Je prendrais sa maladie si je le pouvais, et je le jure, j'ai essayé. On pourrait penser que le fait d'être milliardaire aiderait. J'organise des collectes de fonds, je fais des dons à la recherche médicale et j'ai une suite entière dédiée à la recherche sur son état, mais ce n'est pas suffisant.

— Je comprends. Je n'aurais jamais l'impression que c'est assez, dit-elle.

Je me penche vers elle, capturant ses lèvres sans retenue. Je prends ce dont j'ai envie, ce dont j'ai besoin, comme de l'air pour survivre. Elle ne m'arrête pas. Elisa ne s'éloigne même pas. Au lieu de cela, je suis accueilli avec impatience et chaleur lorsque ses doigts s'accrochent aux revers de mon costume.

— S'il te plaît, ne pars pas.

Je ne veux pas la supplier ou l'implorer de rester. Mais si elle part à cause de moi, si elle abandonne son travail parce que je suis un connard, ce n'est pas juste pour elle.

— Je ne peux pas embrasser mon patron, murmure-t-elle en me fixant.

Son regard intense fait brûler mes entrailles et me donne envie de la goûter à nouveau, de lui couper le souffle.

— Ça veut dire que tu ne pars pas ? grogné-je.

La question est possessive, bourrue, comme si elle m'appartenait.

Elle tire la langue et son regard se resserre.

— Je reste à une condition, dit-elle, et je jure qu'elle se met sur la pointe des pieds pour me provoquer avec ses lèvres rubis.

Son souffle se mêle au mien.

J'ai envie de me pencher à nouveau et de l'embrasser, de la goûter, de la plaquer contre le mur et de la baiser.

— Danse avec moi, dit-elle, et un sourire ironique se dessine sur son visage.

— C'est tout ?

Elle sourit et m'attrape le bras, sa main glissant vers le bas jusqu'à atteindre mes doigts, entrelaçant nos doigts tandis qu'elle me tire vers la piste de danse à travers la foule des invités.

La musique ralentit lorsque nous approchons de la piste de danse, et le sourire disparaît de ses lèvres.

— Où vas-tu ? lui demandé-je, la fixant du regard, saisissant sa main pour l'empêcher de s'enfuir.

— Le rythme... Je ne peux pas danser là-dessus, balbutie Elisa, et je l'attire contre moi.

— Tu ne sais pas danser avec un partenaire ?

Je pose une main sur le bas de son dos et l'autre reste accrochée à sa main.

— Je n'ai pas dit ça, répond-elle en me fixant. Ses yeux brillent comme des diamants, et mon souffle se bloque dans ma gorge à la facilité avec laquelle je pourrais me perdre dans son regard.

— Elisa, c'est toi ? nous interrompt un homme.

Ses yeux s'écarquillent et elle se retourne pour lui faire face. La piste de danse est bondée et elle me frôle. Instinctivement, je passe un bras autour de sa taille.

Je ne peux pas voir l'expression de son visage si elle me tourne le dos, mais il a un large sourire et il est en train de la regarder.

Je ne l'aime déjà pas, et je n'ai pas la moindre idée de la façon dont ils se connaissent, mais je suppose que c'est intime. Du moins, c'est ce qu'il veut, à en juger par la façon dont son regard est fasciné par son corps. Elle n'émet pas les mêmes vibrations que lui.

L'homme n'est pas le moins du monde séduisant, mais cela n'enlève rien au fait qu'il porte une Rolex et qu'il est manifestement fortuné. Nous sommes deux. L'argent n'est pas un problème pour moi, mais je ne fais pas étalage de mes revenus. Je vis confortablement et modestement, certains pourraient même dire, compte tenu de mon patrimoine, mais j'ai tout ce dont j'ai besoin et tout ce que je veux.

Enfin, c'était le cas jusqu'à ce que je rencontre Elisa.

Et la façon dont ce type la reluque me donne des haut-le-cœur. Je l'attire contre moi avec possessivité, la revendiquant comme si j'en avais le droit. Ce qui n'est pas le cas.

Elle me regarde en haussant les sourcils, se demandant clairement ce qui se passe, et je reste silencieux, mes doigts effleurant son ventre, le tissu noir étant fin lorsque je la caresse à travers l'étoffe.

Elisa s'appuie plus fort sur moi, comme si elle voulait ma protection. Du moins, j'espère que c'est ce qu'elle insinue, parce que je suis d'accord.

— Nous ne nous sommes jamais rencontrés, dis-je, et avec une main autour d'elle, l'autre s'élève pour me présenter à l'homme.

— Je suis Connor, le frère de Levi, dit-il.

Il n'y a presque aucune ressemblance entre Levi et Connor. Comme si Levi avait tous les bons gènes et Connor tout le reste. Je ne peux pas imaginer qu'Elisa s'intéresse à lui.

J'ignore Connor et lance un regard noir à Elisa.

— Dites-moi que vous ne vous connaissez pas tous les deux.

Je vais vomir si j'apprends qu'ils ont couché ensemble ou qu'ils sont sortis ensemble.

Je ne suis pas du genre jaloux, probablement parce que je n'ai pas le temps d'avoir des relations. Mon fils est le centre de mon monde, et quand je ne m'occupe pas de lui, j'ai une entreprise à gérer.

— Nous ne sommes que de simples connaissances, dit Elisa, peut-être témoin de la vapeur qui émane de moi. Si tu veux bien nous excuser.

Elle me prend la main et m'entraîne loin de Connor.

— Qu'est-ce que c'était que ça ? demandé-je quand nous le laissons debout sur la piste de danse.

— C'était sur le point d'être son enterrement, murmure-t-elle, et elle grimace en voyant Tyler courir vers nous.

Une adolescente lui court après, se faufilant entre les invités. Julianna Henderson, la fille de Logan.

— Désolée, dit Julianna en s'excusant.

— Papa, on peut jouer dans la neige ?

Il me montre du doigt l'extérieur, alors que le jour s'est transformé en nuit et qu'une couche de neige fraîche commence à tomber autour du chalet.

Je me retiens de grommeler, essayant de me détendre après la rencontre avec Connor, mais je n'arrive pas à me débarrasser de la colère qui coule dans mes veines.

— Non, dis-je d'un ton un peu trop bourru.

— S'il te plaît ?

Tyler pleurniche, et sa lèvre inférieure fait une moue vers moi. Ce gamin a le don d'obtenir ce qu'il veut.

Elisa s'agenouille et rencontre mon fils à hauteur de ses yeux.

— Et si nous trouvions la table des desserts et que nous volions un gâteau ?

J'ouvre la bouche pour objecter, et elle lève un sourcil, m'avertissant silencieusement de la fermer. Je lui fais signe d'y aller et pousse un gros soupir.

— Je suis désolée, Monsieur Grump, dit Julianna. J'ai essayé de le distraire avec Amelia.

— Ce n'est pas grave, dis-je. J'apprécie que vous m'aidiez à m'occuper de lui.

Julianna expire, comme si le poids du monde lui avait été enlevé des épaules.

— Va t'amuser. Profite du mariage, dis-je en lui faisant signe d'aller sur la piste de danse.

Julianna affiche un sourire radieux et s'en va en sautillant.

Suis-je vraiment si grincheux qu'elle craignait que je sois contrarié par Tyler ? Je grommelle sous ma respiration et aperçois celui-ci avec du glaçage rose pâle sur les lèvres et les joues. C'est un vrai désastre.

Elisa a une trace au coin de ses lèvres à cause du cupcake qu'elle a mangé.

— Le dessert était bon ? demandé-je, et me penche pour voler un baiser, goûtant la trace de glaçage.

— Très bon, murmure-t-elle à voix basse lorsque je me retire.

— Papa, porte-moi.

Tyler lève les bras en l'air, s'interposant entre Elisa et moi.

Il ne semble pas le moins du monde perturbé par le fait que je vienne d'embrasser Elisa. Peut-être que ce n'est pas grave pour lui ? Je ne suis jamais sorti avec une fille devant lui. Il n'y a toujours eu que nous deux. J'ai pris soin de le tenir à l'écart de ma vie sentimentale.

J'embrasse son nez, évitant ainsi la saleté collante sur son visage.

— Et si on trouvait une salle de bain et qu'on te nettoyait ?

La langue de Tyler sort, essayant d'enlever le glaçage, mais il faudra plus que cela pour venir à bout du désordre qu'il a créé. J'ai de la chance qu'il n'y en ait pas partout sur sa tenue et sur la mienne.

— Je reste là, dit Elisa en souriant, et j'expire.

Connor nous observe, à quelques mètres de là, un verre presque vide à la main.

Il n'arrête pas de regarder Elisa, et j'ai l'impression que dès que je la laisserai seule, il se jettera sur elle comme l'animal qu'il est.

— Non, dis-je en la fixant du regard. Rejoins-moi à l'étage.

Elle aspire une bouffée d'air anxieuse et jette un coup d'œil à Tyler. Elle se force à sourire.

— Bien sûr, comme vous voulez, patron.

Nous montons à l'étage, à l'écart de la foule, et nous dirigeons vers l'une des salles de bains libres pour nettoyer Tyler.

Je le fais entrer dans la pièce, j'allume la lumière et je l'installe sur le lavabo.

— Tu as besoin que je monte la garde ou quelque chose comme ça ? demande Elisa dans l'encadrement de la porte. Je ne sais pas trop comment je peux t'aider.

— Connor était en train de te regarder, dis-je en lui jetant un regard tout en attrapant un gant de toilette et en le plongeant sous l'eau tiède.

Je lave soigneusement le visage et les mains de Tyler, en veillant à ne pas tremper l'adorable tenue qu'il porte pour le mariage.

Elle croise les bras sur sa poitrine.

— Jaloux ?

Je me moque de sa suggestion.

— Non. J'essayais d'être un gentleman et de garder ce connard pathétique loin de toi.

— Papa a dit un gros mot, souffle Tyler.

— Je mettrai une pièce dans le pot à gros mots quand nous rentrerons à la maison, murmuré-je.

Elisa affiche un large sourire, tout à fait naturel et insouciant, et elle lève le menton vers moi.

— Je parie que ce bocal est rempli à ras bord de pièces de 25 centimes.

— Non, dis-je en la fixant du regard. D'habitude, je mets juste un dollar et je me dis que ça me couvrira pour le reste de la journée.

— Pas de jugement de ma part, dit-elle en levant les mains. Je devrais probablement y mettre vingt dollars.

Je ne l'ai jamais entendue jurer.

J'aide Tyler à descendre du lavabo de la salle de bains et je jette le gant de toilette dans le panier à linge voisin.

— Papa, est-ce que je peux avoir un frère ? demande Tyler.

Sa question me laisse perplexe, d'autant plus que le regard brûlant d'Elisa me dévore.

— Un quoi ?

Où diable cette idée lui est-elle venue à l'esprit ?

— Je veux un petit frère. Comme Miles. On peut le ramener à la maison ?

Miles est le fils de Logan et Cali. Ils ont dû jouer ensemble en bas. Elisa sourit et se couvre les lèvres pour ne pas éclater de rire. Elle regarde ailleurs et j'imagine qu'elle se mord la lèvre. Est-ce qu'il lui arrive de penser à moi comme ça ? Nous trois comme une famille ?

Même si je n'ai jamais eu l'intention d'avoir des enfants. Je ne voulais pas être père, et encore moins père célibataire. C'est arrivé comme ça.

— Non, on ne peut pas ramener Miles à la maison. Sa place est avec Cali et Logan, expliqué-je, espérant éviter toute autre discussion sur l'origine des bébés.

Il sait que ce n'est pas une cigogne, mais le livre d'images pour enfants qui expliquait l'essentiel sur les mamans et les papas n'a probablement pas aidé à dissiper toute confusion. Sachant que sa mère est ma sœur.

Nous en parlerons plus en détail lorsqu'il sera plus âgé. Que je suis techniquement son oncle. Un jour. Je ne cesse de repousser l'idée.

— Mais je veux un frère, se plaint Tyler, sa lèvre inférieure faisant la moue alors qu'il regarde en l'air avec des yeux écarquillés.

Il est hors de question d'avoir d'autres enfants. J'ai subi une vasectomie il y a des années. Et je n'ai pas l'intention de revenir en arrière.

Cela ne veut pas dire que je n'aime pas Tyler, car je l'aime, mais un seul enfant me suffit. Je ne peux pas m'imaginer jongler avec deux enfants, surtout compte tenu de l'état du premier.

— Et si on redescendait à la fête et que tu jouais avec Miles ? dit Elisa en ébouriffant les cheveux de Tyler.

Ce dernier la fixe avec un sourire en coin, les yeux pétillants, comme si l'enfant était prêt à faire tout ce qu'elle lui demandait.

— D'accord, répond-il avec des joues rouges et des fossettes absolument adorables.

Il ressemble beaucoup à Wren, avec les fossettes et le sourire de nos photos d'enfance.

Il serre la main d'Elisa.

— Je vais le ramener en bas, dit-elle en me jetant un coup d'œil par-dessus son épaule. Tu restes ici ?

Je lève un sourcil curieux, me demandant pourquoi.

— Je reviens tout de suite, on pourra parler.

Ces mots me retournent l'estomac. Nous sommes toujours en train d'essayer de comprendre ce que nous sommes - nous nous détestons et elle menace d'arrêter une minute, et je l'embrasse la minute suivante. Elle a raison, il faut qu'on parle, mais je ne peux pas m'empêcher de craindre qu'elle me laisse tomber gentiment.

Je lui réponds avec un sourire confiant, ne voulant pas qu'elle voie la douleur qui me déchire de l'intérieur.

CHAPITRE TREIZE

Elisa

Même si j'accepte de retourner travailler pour lui, nous ne pouvons pas - nous devons tous les deux rester professionnels. Je suis intérieurement en conflit entre ce que je veux et ce qui est juste.

Et est-ce qu'il a envie de moi ?

De toute évidence, ce baiser avait pour but de m'empêcher d'être en colère contre lui, et il a en grande partie fonctionné. Je lui pardonne d'être un vrai grincheux, mais si nous travaillons ensemble, nous ne pouvons pas franchir cette limite professionnelle, et à vrai dire, j'ai envie de l'avoir dans mon lit.

Tu parles d'une situation compliquée.

Je prends mon temps pour retourner à l'étage et retrouver Weston. Il n'est pas dans la salle de bains, il se tient dans le couloir, dos au mur, ses yeux parcourant mon corps tandis que je monte l'escalier.

— Il était temps.

Ses yeux me déshabillent pratiquement.

Je suis contente que Clare ne nous ait pas fait porter des robes affreuses. Elle n'aurait jamais eu besoin de faire ça ; elle fait une mariée magnifique, et c'est une amie encore meilleure.

— Je ne démissionnerai pas, dis-je en croisant son regard intense et en m'approchant de lui.

Je lui offre un léger sourire, mes lèvres se retroussant vers le haut pour le rassurer sur le fait que je n'ai pas l'intention d'aller où que ce soit.

Il acquiesce d'un signe de tête ferme.

— Bien, je ne voudrais pas que quelqu'un d'autre puisse t'avoir pour lui.

J'ai l'impression qu'il ne parle pas du travail.

— Weston, dis-je, et j'expire un grand coup. Mes mains tremblent et j'espère sincèrement qu'il ne le remarque pas. Si nous travaillons ensemble, je ne peux pas... nous devons rester professionnels.

— Ai-je déjà manqué de professionnalisme au bureau ? demande-t-il, ses yeux plongeant dans les miens.

Je tire la langue, essayant de penser à un moment où il n'a pas été très professionnel.

— Non, dis-je. Mais nous ne pouvons pas.

Il se rapproche, envahissant mon espace personnel. Son odeur est boisée et épaisse, enivrante. Je devrais reculer, garder une distance de sécurité pour rester lucide, mais je ne veux pas échapper à son emprise.

Sa main se lève, son pouce caresse ma joue. Un geste très peu professionnel de la part de mon patron.

— Je te veux. Et je veux que tu travailles pour moi.

J'inspire brusquement.

— Weston, murmuré-je en fixant son regard noir et brûlant.

Il m'aspire et réchauffe mon corps en lui donnant des picotements dans les endroits les plus intimes.

— Ce que tu demandes...

— C'est que nous trouvions un moyen de faire fonctionner les deux.

— Ce n'est pas possible, dis-je, exprimant avec regret les mots que je ne veux pas être vrais. Tu as un fils, tu dois penser à lui. Et une entreprise. J'arriverai toujours en troisième position et quand le personnel l'apprendra...

— Ils ne le l'apprendront pas, insiste Weston.

Je ris sous mon souffle.

— Tu viens de m'embrasser en bas, au mariage de Clare. Les gens parlent. Nous deux, en tant qu'amis, c'est tout ce que je peux t'offrir.

Il passe un bras autour de ma taille, m'attirant plus près. Je sens son érection se presser contre moi.

— Ce n'est pas suffisant. Je te veux, Elisa, pour moi tout seul. Pour le travail, pour le plaisir, pour tout.

Ses doigts s'emmêlent dans mes cheveux, défont la pince qui retient mes mèches, et il en saisit une poignée, maintenant ma tête penchée vers lui. Je n'ai jamais vu un côté aussi effronté et audacieux de mon patron grincheux auparavant et j'ose dire que je pourrais facilement tomber amoureuse de lui.

— Tu es à moi, grogne-t-il.

Ses lèvres se posent durement sur les miennes, me réclament, me marquent, me meurtrissent avec un baiser si intense que même si je voulais m'éloigner, je ne le pourrais pas. Je ne veux pas bouger, sauf pour me rapprocher de lui.

La chaleur de la pièce s'intensifie, la température monte en flèche, et le baiser ardent laisse mes lèvres douloureuses, tout comme mes autres parties, désireuses d'en savoir plus.

— Et tes autres employés ? murmuré-je lorsqu'il rompt le baiser.

— Je ne veux pas coucher avec eux, murmure Weston, et ses lèvres descendent grossièrement le long de mon cou.

Il me mordille et lèche ma peau.

Je frissonne involontairement et je jette un coup d'œil vers le bas pour voir le sourire qui se dessine sur son visage.

D'une main, ses doigts remontent le long de ma cuisse, à la recherche de leur destination.

— Tu es mouillée pour moi, murmure-t-il à mon oreille.

Je ferme les yeux, ne voulant pas admettre à quel point il m'a excitée ce soir. J'ai honte de vouloir baiser mon patron. Je ne veux pas simplement me glisser sous les couvertures et lui faire l'amour. Je veux qu'il me réclame, qu'il me domine et qu'il me montre que je suis à lui et à lui seul.

— Regarde-moi, ordonne-t-il.

Mes paupières s'ouvrent, je fixe son regard noir et brûlant tandis qu'il passe ses doigts sur ma culotte mouillée. Il pousse le tissu fin sur le côté et je halète d'impatience.

Mais il ne me touche pas.

— Supplie-moi, ordonne-t-il, et il embrasse mes lèvres avec avidité, rude et exigeant.

— Jamais, soufflé-je, mais je suis déjà proche de mon point de rupture.

Il me fait reculer vers une chambre quelconque et l'arrière de mes genoux heurte le matelas.

— Supplie-moi, Elisa.

— Je ne supplie pas, murmuré-je, le défiant.

Ce n'est pas parce qu'il est mon patron que nous ne sommes pas égaux dans la chambre à coucher.

Weston recule d'un pas et desserre sa cravate.

J'inspire brusquement, m'asseyant au bord du lit, attendant de voir ce qui va se passer. Va-t-il s'en aller et me laisser dans l'attente d'être libérée parce que je n'ai pas suivi ses ordres ?

J'ai mal à l'intérieur, j'ai besoin de lui. J'ai envie de son contact et il déboutonne lentement sa chemise, me regardant tandis que je le dévore des yeux.

— Tu es excitée, dit-il avec fierté.

Je balbutie, et il s'esclaffe.

— J'aime que je te fasse mouiller. N'en ait pas honte, grogne-t-il.

Il jette sa chemise sur le sol, sans se soucier qu'elle soit froissée.

Je jette un coup d'œil à la porte de la chambre.

— On l'a fermée à clé ?

Weston sourit.

— Non.

Il y a de l'amusement dans son ton.

— Quelqu'un pourrait entrer, dis-je en haletant et en faisant un geste pour descendre du matelas, mais il me bloque.

— Laisse-les faire. À moins que tu ne veuilles pas de ça ?

Il me donne une porte de sortie, une chance de dire non, de garder les choses professionnelles. Mais ce n'est pas ce que je veux.

C'est lui que je veux.

Il prend mon silence pour une acceptation et me guide plus loin sur le matelas, à califourchon sur moi. Il prend un préservatif dans son portefeuille et enlève son pantalon pendant que je descends la fermeture éclair de ma robe.

— Laisse-la, m'ordonne-t-il.

Il soulève l'ourlet de ma robe, écarte ma culotte et ses doigts dansent sur ma fente, découvrant ma moiteur. Il plonge deux doigts épais à l'intérieur pour s'assurer que je suis prête pour lui.

Il me taquine, ses lèvres recouvrent les miennes tandis que ses doigts me baisent et que je m'accroche à lui. J'en veux plus. Il est rude, mais c'est exactement ce dont j'ai besoin et ce que je désire en ce moment. Il baisse ma culotte d'un seul coup et ouvre le préservatif, l'enfile avant de se repositionner à l'entrée de mon corps.

Il s'arrête, me regardant de haut en bas. Il me demande mon accord et j'acquiesce.

— J'ai besoin de l'entendre.

Il me regarde fixement. Mes doigts se déplacent sur ses abdominaux, descendant le long de son corps. S'il ne le fait pas bientôt, je prendrai les commandes et je le baiserai moi-même.

— Je veux que tu me baises, dis-je en le fixant.

Mes mots déclenchent un feu instinctif entre nous. Il grogne et s'enfonce en moi d'un seul coup. C'est intense et rude, et mes ongles s'enfoncent dans ses avant-bras tandis qu'il m'étire pour s'adapter à sa taille.

Il mord ma lèvre inférieure, ses baisers sont rudes et exploratoires, il pousse sa langue dans ma bouche tandis que sa bite s'enfonce en moi.

C'est le paradis et le péché en même temps. J'enroule mes jambes autour de lui, l'attirant plus près, plus étroitement, plus profondément. Je veux le sentir enfoui en moi au moment où il jouit.

Il m'attrape par les bras, plaquant mes mains contre le matelas, nos doigts s'emmêlant tandis qu'il me baise.

Mes yeux se ferment, la première chaleur de l'euphorie se répand en moi comme une traînée de poudre.

— Regarde-moi, ordonne-t-il.

Mes paupières sont lourdes et ma respiration est rauque lorsque mes lèvres s'écartent et que j'ouvre lentement mes paupières lourdes pour le regarder. Je me mords la lèvre inférieure lorsque la première vague arrive. Son rythme ne ralentit jamais, il est régulier et constant jusqu'au crescendo final où il bouge plus fort et plus vite.

Il grogne, halète, s'essouffle quand je le serre comme un étau et que mes entrailles tremblent.

Je ne peux plus garder les yeux ouverts. C'est trop intense, trop puissant, mes orteils se recroquevillent et la chaleur se répand dans tout mon corps.

— Viens pour moi, me souffle-t-il à l'oreille, et son souffle provoque un nouveau frisson excitant qui se propage dans tout mon corps.

Je tremble et me cramponne comme si ma vie en dépendait.

Weston est juste là, me réclamant, me capturant et écrasant ses lèvres sur les miennes alors qu'il chevauche la vague euphorique avec moi. Nous atteignons tous les deux notre apogée.

Il s'effondre sur le matelas et se retire, trébuchant vers la salle de bains attenante.

Je remets ma robe en place au cas où quelqu'un entrerait, mais je ne me sens pas encore capable de quitter le matelas.

Je suis épuisée, couverte d'une couche de sueur, et mon cœur continue de galoper dans ma poitrine.

Je finis par me redresser après avoir repris mon souffle. Weston est en train de se nettoyer et de remettre son costume, faisant de son mieux pour donner l'impression que nous ne venons pas de baiser à l'étage lors de la réception de mariage de Clare dans leur maison.

Elle serait furieuse.

Je recoiffe rapidement mes cheveux, mais ils ne sont pas pareils que tout à l'heure.

Il m'entraîne avec lui pour descendre, et je crains que tous les regards soient braqués sur moi. Mais personne ne semble remarquer ou se soucier du fait que nous étions à l'étage.

Je passe devant l'une des fenêtres et je sursaute. La neige recouvre le chemin où Clare et Levi ont échangé leurs vœux. Ce qui n'était que quelques averses se transforme rapidement en tempête de neige.

Quelques invités sont déjà partis et la salle est bien moins bondée, mais tout le monde n'est pas rentré.

Nous passons le reste de la soirée à danser, à boire et à profiter du mariage. Clare et Levi sont tous les deux sur la piste de danse. C'est à la fois mignon et d'une douceur écœurante. Amelia réapparaît de temps en temps avec Tyler à ses côtés.

— Je crois qu'il a le béguin pour elle, dit Weston en faisant un signe de tête vers Tyler et Amelia sur la piste de danse.

Ses bras s'enroulent autour de sa taille et il la regarde avec un sourire radieux.

— Elle a quoi, deux fois son âge ? plaisanté-je avec un léger rire.

— Danse avec moi.

Weston m'entraîne sur la piste de danse avant que je ne puisse réagir.

— Une excuse pour me peloter en public ?

Je le taquine alors que sa main se promène sur mon derrière.

— Je ne pensais pas que tu le remarquerais, dit Weston avec un sourire malicieux, ses yeux m'éclairant tandis qu'il me serre contre lui.

Nous nous balançons au rythme lent, et le moment s'étire entre nous. Ses mains enroulées autour de moi me semblent naturelles, et je ne veux pas que ça s'arrête. Pas ce soir. Jamais.

Son nom de famille est peut-être Grump, mais plus je connais Weston, plus je vois qu'il est gentil, attentionné et qu'il donnerait le meilleur de lui-même pour Tyler. Je n'aurais jamais pensé sortir avec un père célibataire, et encore moins avec mon patron.

Les lumières de la cabane clignotent deux fois avant de s'éteindre à cause de la neige. Il y a un grondement de mécontentement et d'inquiétude lorsque le générateur de secours se met en marche pour permettre aux lumières et au système principal de fonctionner à nouveau. La musique est coupée jusqu'à ce que l'électricité soit rétablie.

— Papa.

Tyler s'approche de nous en trottinant et Weston se détache de mon étreinte, soulevant son fils dans ses bras.

— Je crois qu'il est l'heure d'aller se coucher, dit Weston.

Les routes sont impraticables à cause de la neige, alors nous devrons dormir.

Weston aide Tyler à se préparer pour le lit, en gonflant le matelas pneumatique à l'aide d'une pompe électrique et en l'installant.

Je leur laisse un peu d'espace à tous les deux pendant que Clare me prête un pyjama à enfiler pour aller au lit.

Une fois Tyler recroquevillé et endormi, je me faufile dans la chambre obscure, vêtue d'un pyjama en flanelle, et je me glisse sous les couvertures avec Weston. Ce n'est pas sexy, mais c'est certainement chaud et confortable.

Ses bras s'enroulent instantanément autour de ma taille, me rapprochant de lui.

Je me mords la lèvre inférieure pour éviter de glousser et de réveiller le petit qui dort au pied du lit.

Les lèvres de Weston frôlent les miennes, ses mains se glissent sous le tissu, palpent mon sein d'une main et frôlent ma hanche de l'autre.

Instinctivement, mes lèvres s'écartent, lui permettant de pénétrer dans mon corps. Il approfondit le baiser et me fait rouler sur le dos en se plaçant à cheval sur mes hanches.

— Ton fils..., chuchoté-je, craignant qu'il ne nous entende.

— C'est un gros dormeur, dit Weston.

Je secoue la tête.

— On ne peut pas... pas avec lui dans la chambre.

— Je ne suggérais pas que nous fassions l'amour ce soir, murmure-t-il à mon oreille. Je veux juste te toucher.

Ses doigts glissent sur ma peau nue, taquinent mon ventre et la ceinture de mon bas de pyjama avant de glisser sa paume sur mon sein et de taquiner un téton.

Mes doigts s'enfoncent dans ses cheveux et ramènent ses lèvres sur les miennes pour un nouveau baiser brûlant.

— Tes attouchements vont mener à d'autres choses, soufflé-je en laissant mes yeux se fermer.

Je suis fatiguée, mais il me fait me sentir plus vivante que jamais.

Il dépose un dernier baiser sur mes lèvres avant de se détacher de moi et de rouler sur le côté. Il passe un bras autour de ma taille avant de murmurer :

— Bonne nuit.

CHAPITRE QUATORZE

WESTON

Six semaines se sont écoulées depuis le mariage de Levi. Elisa ne passe pas toutes les nuits chez moi ; elle vient quelques fois par semaine, et je sais que ce sera moins fréquent si je retourne à la maison.

Cela n'a plus de sens de vivre dans l'immeuble alors que je peux retourner chez moi.

Sauf que ma voisine de palier va me manquer.

— Tu pars vraiment, dit Elisa, debout dans le couloir à l'extérieur, alors que je porte nos bagages hors de l'appartement, en direction de l'ascenseur.

— Tu peux surveiller Tyler pendant que je mets tout ça dans la voiture ? lui demandé-je, en lui jetant un coup d'œil par-dessus mon épaule alors que j'appuie sur le bouton de l'ascenseur.

Bien que les déménageurs aient pris tous les cartons et les articles de grande valeur, il y a beaucoup de jouets, de vêtements et d'autres choses qui doivent être ramenés à la maison. Si j'attendais que les déménageurs s'occupent de tout, Tyler n'aurait pas son dinosaure en peluche parmi ses autres jouets préférés. Et même s'ils sont efficaces, ils ne sont pas moi.

Je suis un peu perfectionniste et obsédée par le contrôle. C'est une chose sur laquelle je travaille en ce moment.

— Je n'aurais jamais cru voir un milliardaire porter ses propres valises, dit Elisa avec un sourire en coin.

Elle ferme sa porte d'entrée et entre chez moi pour surveiller Tyler.

— Camden a annulé aujourd'hui. Il a la grippe.

Les portes de l'ascenseur s'ouvrent et je me traîne à l'intérieur avec deux valises géantes, un sac à dos et une sacoche d'ordinateur portable.

— Merci.

— C'est normal.

Je me précipite dans l'air glacial de l'hiver et je charge le coffre aussi vite que possible. Les feux de détresse clignotent alors que je suis en double file.

Je me dépêche de remonter et d'entrer pour voir Elisa assise avec Tyler sur le canapé, lisant un livre ensemble.

Elle s'arrête lorsqu'elle me voit prendre le dernier bagage pour le descendre.

— Ça va me manquer de ne plus t'avoir comme voisin.

Je souris et je porte le sac sur mon épaule.

J'ai envisagé de lui demander d'emménager avec moi, mais c'est un grand pas et je ne suis pas sûr qu'elle soit prête à assumer à plein temps le rôle de belle-mère de Tyler.

Je finis de charger la voiture avec les derniers bagages avant de revenir chercher mon fils. Son siège auto est déjà sur la banquette arrière. Je n'ai plus qu'à l'attacher avant de me rendre à la maison.

Elisa termine le livre. Elle se mordille abondamment la lèvre inférieure, comme si elle avait quelque chose à dire mais se retenait.

Tyler se met à genoux, enroule ses bras autour de son cou, s'accroche à elle. Le gamin l'aime.

Il n'est pas le seul.

Cette pensée me frappe avec brio, et j'inspire brusquement.

— Tout va bien ? demande Elisa en me jetant un coup d'œil par-dessus son épaule. Elle se lève, mais Tyler ne relâche pas son emprise, et elle l'enlace, le tenant contre elle alors qu'elle traverse la pièce pour se diriger vers moi.

J'évite de répondre à la question.

— Tu devrais venir chez moi ce soir, m'aider à ranger.

— C'est la seule raison pour laquelle tu veux que je vienne ? demande-t-elle avec un sourire grandissant.

— Pas la seule, dis-je en me penchant vers elle et en déposant un baiser sur ses lèvres.

Tyler passe de son cou au mien, s'agrippant à moi.

— Beurk, dit-il en fronçant le nez pendant que nous nous embrassons.

— Tu as l'adresse ?

Je l'ai déjà mise dans son téléphone pour elle, mais je veux m'assurer qu'elle sait comment se rendre chez moi.

— Bien sûr, tu ne sais pas que je t'ai traqué ?

Son sourire illumine la pièce et je ne peux m'empêcher de déposer un autre baiser sur ses lèvres.

— Traque-moi tant que tu veux.

On frappe à la porte.

C'est Theo, l'un de mes assistants personnels. Il a aidé au déménagement, s'est occupé de la logistique, a pris contact avec les déménageurs, et reste dans les parages pour faciliter les choses.

— Entre, Theo, dis-je en lui faisant signe d'entrer.

Alors que tout est déjà emballé, quelqu'un doit s'assurer que tous les cartons et les meubles sont chargés dans le camion et amenés chez moi cet après-midi. C'est sa responsabilité.

— Theo, voici Elisa, dis-je en les présentant.

Il est plus grand que moi de quelques centimètres. Dans une autre vie, il aurait pu être footballeur. Il a en tout cas la carrure et l'endurance nécessaires.

— Enchanté de vous rencontrer, dit Elisa. J'aurais pu aider avec les déménageurs.

— Tu fais assez de travail pour moi. Je ne vais pas profiter de toi parce que tu es la voisine.

— Ce n'est pas ce que je voulais dire, murmure-t-elle en me fixant du regard.

Theo se racle la gorge.

— Autre chose que je devrais savoir, patron ?

— Tu as mon adresse. Assure-toi que tout soit livré aujourd'hui.

— Bien sûr, dit Theo. Tout ce dont vous avez besoin.

J'aide Tyler à enfiler son manteau d'hiver, son bonnet et ses gants. Elisa se précipite à côté pour prendre son propre manteau, et se précipite vers l'ascenseur alors que j'appuie sur le bouton pour descendre.

— Je suis surprise que tu n'aies pas engagé quelqu'un d'autre pour te déplacer dans la ville.

Elle me connaît trop bien. Je déteste conduire à New York, mais la maison est en banlieue. Quand Camden est malade, je demande généralement à Theo de me conduire. Je n'utilise pas de service de voiture ; j'engage mes propres hommes de confiance pour travailler pour moi. Mais je confie le déménagement à Theo.

J'installe Tyler dans son siège et je ferme la portière. Le moteur tourne, réchauffant le véhicule, empêchant mon petit monstre de geler.

Un baiser rapide à Elisa, et je me précipite du côté du conducteur, la regardant retourner dans le bâtiment pour se réchauffer. Elle me salue et je monte dans le véhicule, reconnaissant pour la chaleur du chauffage à l'intérieur.

— Papa, Elisa me manque, dit Tyler.

Je jette un coup d'œil dans le rétroviseur, il serre son dinosaure en peluche et salue Elisa.

Moi aussi, mon pote.

J'ai l'impression qu'elle est trop loin, trop hors de portée.

Mais si je lui demande d'emménager avec moi, ne sera-ce pas trop tôt ? Je ne veux pas la faire fuir.

———

L'après-midi se passe à déballer les affaires. La maison est en désordre. Un vrai désastre. Comment se fait-il que tout ce qui vient du garde-meuble et de l'appartement soit livré en même temps et qu'il n'y ait pas assez de place pour mettre les meubles et les cartons ?

Ma maison n'est pas petite, loin s'en faut, mais j'essaie aussi de ne pas vivre de manière extraordinairement somptueuse au point d'étaler mon argent. Ce n'est pas nécessaire.

On sonne à la porte et de la musique retentit dans toute la maison. Les déménageurs travaillent avec diligence pour déballer et ranger mes affaires, mais il y a encore tant à faire et je déteste rester assis à ne rien faire.

Theo saisit la porte avant que je n'aie le temps d'arriver, et j'entends la douce voix d'Elisa.

— Weston ?

Sa voix est comme du miel, et ma tête surgit des cartons alors que je suis assis sur le sol, en train de ranger quelques trucs.

Tyler entre en trombe dans la pièce et se jette dans les bras d'Elisa. Elle se penche et le prend dans ses bras.

— Cela fait longtemps qu'on ne s'est pas vus, dit-elle, et il dépose des dizaines de petits baisers sur sa joue.

C'est adorable et ça fait chaud au cœur.

Dans sa main, elle tient un petit sac brun.

— Qu'est-ce que c'est ? demandé-je, en faisant un signe de tête vers le sac en papier. Il est un peu tard pour le déjeuner. Je préparerai le dîner dès que j'aurai trouvé toutes les casseroles et les poêles. L'équipe a déjà déballé les épices, les huiles et les produits essentiels pour le garde-manger.

— Ce n'est pas un déjeuner.

Elle est vraiment énigmatique.

Je me lève et la serre dans mes bras.

— Cadeau de pendaison de crémaillère ? Tu n'étais pas obligée de m'offrir quoi que ce soit.

Elle ouvre la bouche et la referme.

— Est-ce qu'on offre un cadeau de pendaison de crémaillère à quelqu'un qui a toujours vécu ici et qui est juste parti temporairement ?

Je hausse les épaules.

— D'accord. Qu'est-ce qu'il y a dans le sac ?

Je suis comme un enfant quand il s'agit de cadeaux et je veux savoir ce qu'il y a à l'intérieur du paquet soigneusement emballé ou, dans ce cas, du simple sac marron. Ce n'est pas un sac de type magasin d'alcool, donc elle n'a pas apporté à boire.

Ce qui n'est pas grave. J'ai beaucoup de vin dans la cave.

— Très bien, dit-elle, et elle pousse le sac vers moi en roulant des yeux.

Un sourire en coin se dessine sur ses lèvres et je regarde sa main trembler alors qu'elle m'offre le sac marron.

Je l'ouvre et jette un coup d'œil à l'intérieur, confus. Je sors le bâton. C'est un de ces tests sur lesquels on urine.

— Qu'est-ce que c'est ?

Le sourire s'efface de mon visage.

— C'est une blague de mauvais goût ?

Mon estomac se crispe et la pièce tourne.

— Tyler, va dans la salle de jeux.

Je ne veux pas qu'il soit témoin de l'enfer que je suis sur le point de déchaîner sur Elisa.

A-t-elle baisé avec d'autres hommes ?

Parce que j'ai subi une vasectomie. Ce n'est pas possible que je sois le père.

Il se précipite dans la salle de jeux sans demander pourquoi. Peut-être qu'il sent la tension dans l'air, ou qu'il a juste envie d'aller jouer avec ses jouets.

— Tu essaies de m'avoir ? grogné-je en me rapprochant d'elle.

Je jette le test et le sac en papier sur le comptoir voisin.

— Quoi ?

Ses sourcils sont froncés et ses joues rougissent.

— Je suis enceinte, Weston. C'est le tien.

Je me mets à rire d'un air sombre, maniaque. Elle n'est pas sérieuse.

— Bien essayé.

Je recule d'un pas. La pièce est étouffante. Peu importe la taille de la maison, je suis soudain claustrophobe.

— Avec qui d'autre as-tu couché ?

Mes yeux brûlent sous l'effet de la rage qui monte en moi.

— Personne, souffle Elisa, bouche bée.

Je me rapproche, grogne en la fixant.

— On n'est pas ensemble depuis si longtemps.

— Assez longtemps pour tomber enceinte ! Nous n'avons pas toujours été prudents, balbutie-t-elle.

— Avec combien d'autres hommes as-tu couché ?

Je la regarde. Elle a l'air blessée, brisée. Ses yeux sont rouges, luisants de larmes, mais elle tient bon.

— Il n'y a eu que toi, espèce d'abruti.

Je me moque de son insulte.

— C'est très mature de ta part, dis-je.

— Qu'est-ce qui te fait penser que tu ne peux pas être le père ? Parce que tu es le seul homme qui m'a baisée ces deux dernières années !

Ses mots me coupent et je détourne le regard.

Non.

Ce n'est pas possible.

— J'ai subi une vasectomie.

Je fulmine, les mains crispées sur le comptoir de la cuisine pour me stabiliser. Mon cœur se heurte à ma cage thoracique.

— Ça ne peut pas être le mien.

— Ce n'est pas toujours efficace, dit Elisa. Je te jure, Weston, je n'ai couché avec personne d'autre. Arrête de faire le con.

Je suis censé la croire ?

Ma main se relâche sur le comptoir et je croise les bras sur ma poitrine.

— C'est le mien ?

Je jette un coup d'œil vers son abdomen. Elle ne montre pas encore de signes visibles.

— Tu en es à quel stade ?

— C'est le tien à cent pour cent. À moins que les vibromasseurs puissent rendre une fille enceinte.

Elle glousse à sa blague et je grogne, me rapprochant d'elle et passant un bras autour de sa taille.

— Tu ferais mieux de jeter ce vibromasseur, lui dis-je en grognant.

— Ou quoi ?

Elle lève les yeux au ciel, me défiant.

— Je ne te laisserai pas faire vibrer notre bébé.

Les mots me semblent étranges et étrangers. Notre bébé. Mais je la crois, elle n'a jamais été avec quelqu'un d'autre. Et nous n'avons pas toujours été prudents, parce que je croyais que la vasectomie était efficace.

Je la serre contre moi, ma main faisant des cercles apaisants dans son dos.

— Je suis désolé, murmuré-je.

— Tu es un grincheux, murmure-t-elle dans son souffle.

— Un grincheux qui t'aime.

J'ose dire les mots à haute voix et j'espère que ça ne l'effraie pas.

— Il était temps, dit-elle avec un sourire en coin.

Je me penche vers elle, effleure ses lèvres avec avidité et la serre de plus en plus fort contre moi.

— Je t'aime aussi.

ÉPILOGUE

Elisa

Je ne perds pas de temps quand il s'agit d'emménager avec Weston. Sloane m'aide à faire quelques cartons, mais Weston engage les mêmes déménageurs, ou plutôt son assistant, pour s'occuper de tout amener chez lui.

Au début, cela fait bizarre de vivre avec lui, mais nous trouvons notre rythme ensemble, bien avant que notre petit paquet ne vienne au monde.

Tyler veut un petit frère, mais Weston et moi nous contenterons de ce que la nature nous donnera. Il est un père adorable avec Tyler et je sais sans aucun doute qu'il sera formidable avec notre fille ou notre fils.

Nous nous équilibrons mutuellement. Alors qu'il a tendance à surprotéger Tyler, j'ai appris à comprendre l'état de son fils et j'ai contribué à faire en sorte que Tyler soit en sécurité tout en continuant à profiter de son enfance.

J'ai du mal à me déplacer dans la maison, mon ventre de femme enceinte faisant saillie et me rendant la tâche difficile. Lorsque le jour arrive enfin et que Weston m'emmène d'urgence à l'hôpital, nous sommes submergés de joie devant le petit garçon que nous tenons dans nos bras.

Je suis allongée dans le lit d'hôpital, en train d'allaiter notre petit, tandis que Tyler regarde à côté de moi, curieux et attentif à son petit frère.

— Quel est son nom ? demande-t-il.

C'est la seule chose que nous avons eu du mal à décider. Nous avions juré que lorsque nous verrions notre fils ou notre fille, nous le saurions.

— Je veux l'appeler Lawrence, dis-je en jetant un coup d'œil à Weston.

— Lauren ?

Le nez de Tyler se fronce.

— C'est un prénom de fille. C'est vraiment un garçon. N'est-ce pas ?

Tyler essaie de tourner la tête pour voir sous la couverture du bébé.

— Oui, c'est un garçon, dit Weston, et il attrape Tyler, le tirant dans ses bras pour le chatouiller et le câliner.

En souriant aux deux hommes de ma vie, et maintenant aux trois, avec le petit paquet dans mes bras, je me sens comblée et submergée.

— Tu veux offrir un cadeau à ta mère ? chuchote Weston un peu trop fort à Tyler.

Tyler se retourne pour faire face à son père, et une minute plus tard, Weston l'aide à descendre, posant les pieds du petit tigre sur le sol.

— Veux-tu être ma maman ? demande Tyler en m'apportant une boîte en velours.

Je sursaute lorsque Weston s'approche du lit et ébouriffe les cheveux de Tyler.

— Bon travail, petit. Maintenant, c'est mon tour.

Je serre Lawrence dans mes bras tandis que Weston tombe gracieusement sur un genou, sa main venant sur la mienne.

— Elisa, nous allons peut-être fonder une famille ensemble, mais tu es ma famille. Ma vie. Ma constante. Tu es aussi brillante que le soleil, et il est clair pour moi, même dans la nuit la plus sombre, que tu es mon étoile polaire. Je t'aime. J'aime notre famille et je veux être lié à toi pour toujours.

— Tu es déjà lié à moi, dis-je en riant et en lui montrant Lawrence.

— Je veux t'épouser, Elisa. Je veux passer le reste de ma vie avec toi. Veux-tu m'épouser ?

J'aspire un souffle nerveux, mon cœur bat la chamade et le cardiofréquencemètre se fait de plus en plus bruyant, rendant ma nervosité impossible à cacher à qui que ce soit.

— Il fallait que tu me le demandes ici ?

Je ris, jetant un coup d'œil au moniteur qui émet des bips alors que l'infirmière se précipite dans la chambre pour vérifier mon état.

— Il vient de me demander en mariage, dis-je en guise d'explication alors qu'elle examine les moniteurs et fait taire les bips.

Ses yeux s'écarquillent.

— Et qu'avez-vous dit ?

— Rien, grogne Weston à l'adresse de l'infirmière. Parce que vous nous avez interrompus.

Le voilà qui recommence à faire son grincheux. La pauvre infirmière, elle ne savait pas ce qui l'attendait quand elle est entrée en trombe dans la chambre pour me surveiller. — Ce n'est pas sa faute. Elle fait juste son travail.

Weston me regarde fixement, attendant ma réponse.

— C'est oui, évidemment ! m'exclamé-je.

Comment peut-il penser autrement ?

Il se penche et presse ses lèvres contre les miennes. Ses doigts s'emmêlent dans mes cheveux, mais il fait attention à notre nouveau bébé serré contre ma poitrine.

— Je veux faire des câlins, crie Tyler, et il grimpe sur le lit, faisant attention à Lawrence et se joignant à nous pour fêter l'événement.

CONCOURS, LIVRES GRATUITS ET PLUS DE CADEAUX

J'espère que vous avez apprécié Le Célibataire Grincheux et que vous avez aimé l'histoire de Weston et Elisa.

Inscrivez-vous à ma newsletter Willow Fox

A PROPOS DE L'AUTEUR

Willow Fox aime écrire depuis qu'elle est au lycée (il y a bien longtemps). Ses romances de petite ville reflètent la vie dans une petite ville de l'Amérique rurale.

Qu'elle écrive des romances ou qu'elle s'assoie près d'un feu de camp pour lire un bon livre, Willow aime la magie des mots écrits.

Elle rêve d'être transportée et espère le faire pour ses lecteurs !

Visitez son site Web à l'adresse suivante :

https://authorwillowfox.com

AUSSI PAR WILLOW FOX

Aigle Tactique

Révélation : Jaxson

Furtif : Mason

Dissimuler : Lincoln

Clandestine : Jayden

Mariages Mafieux

Vœu Secret

Vœu Captif

Vœu Sauvage

Vœu Non Consenti

Vœu Impitoyable

Frères Bratva

Boss Brutal

Boss Vicieux

Boss Possessif

Boss Obsessif

Père, célibataire et autoritaire

Le Milliardaire Grincheux

Grincheux des montagnes

Le Célibataire Grincheux

www.ingramcontent.com/pod-product-compliance
Lightning Source LLC
Chambersburg PA
CBHW020428030726
47495CB00006B/1704